遥かな幻想曲

尾島聡

JN059657

幻冬舎 MC

装画／尾嶋恵

一年続いたあの旅は忘れられないね。地味なロードムービーに仕上げてさ、
二人でソファに並んでさ、コーヒー飲みながら観るの。もうあれから八年ね。

廉、ありがとう。

暖かい朝に　和枝

レッスン室のピアノの譜面台に立てかけられていた、シューマン「幻想曲《ファンタジー》」原典版の楽譜。表紙を開くと、扉ページとの間に一筆箋の短い手紙が挟まれていた。

目次

主題　ハ長調

みなとみらい

次のゲートもその次も「満車」の赤ランプは続き、のろのろ運転のまま、ランドマークタワーを大きくぐるりと一周していた。

やっとのことでクイーンズスクエア横浜の地下駐車場に潜り、車を停めると、その先はみなとみらい線に乗り新高島駅に向かう。

二〇〇九年十一月下旬の日曜日の昼下がり、平林廉と和枝にとっては、久しぶりの夫婦二人だけのお出かけだった。

そう、「お出かけ」という表現がしっくりくる、わくわく愉しい、ちょっと記憶に残るひととき。

今思えば、この時が「旅」の始まりだった。

新高島駅から地上に上がり、一歩ごとに硬いリズムを腰に送ってくる石畳の歩道を、左脚に麻痺がある廉は注意深く進む。

廉は生後まもなくミルクを受け付けない症状が現れて、郷里新潟のN大学病院で幽門狭窄症と診断された。

百日目には開腹手術を受け一命は取り留めたが、少し体が動かせるようになってくると、今度は別の懸案が見つかった。左半身、特に脚部に麻痺が見られたのだ。

小学一年生の夏、廉は小児療育センターに入院した。

運動機能を改善するための一年がかりの治療が始まり、内翻足《ないほんそく》を矯正するギプスを装着したり、股関節の可動域を広げるための手術を受けたりした。

検査と治療を繰り返す少年期から、青年期へと成長しても、廉の左脚の麻痺が消える日はついにやって来なかった。

ただ日常生活で不自由を感じることはなく、スポーツも臆せずやってきた。四十八歳になった今でも、とりわけスキー愛は人並み以上と言えた。

少し行くと四つ角の角地に「濱中インポート」の看板を掲げたレンガ色のビルが建っていた。ウェルカムボードには「新高島ピアノサロン2F」と書かれていて、来意を告げるとすぐに二階に案内された。

和枝が「ピアノの購入を考えているのですが」と、予約を入れておいたのだった。

展示されているグランドピアノは二台きりで、いずれもドイツ・ハンブルク工場製の中古スタインウェイだった。

こぢんまりした方のO型は窓辺に置かれ、うそ寒い冬の陽をカーテン越しに浴びている。一方の見るからに大きいB型は、天井がドーム形にデザインされた、店内の「一等地」に据えられていた。

和枝がO型から試弾を始める。ショパンのバラード4番。静まりかえった蒼い水面を漕ぎ出すように音の波紋が広がっていった。

どうやら「単なるお試し」のつもりではないらしい。のっけから気合を入れ、コンサート張りに弾いた。

その感触が消えないうちに今度はB型も試弾、同じくバラード4番を。このB型の譜面台には「1960年代製　700万円」と印刷された名刺大の値札が置かれていた。

廉にとってはこんなに間近でスタインウェイを見たり、音を聴いたりするのは初めてだった。

彼は三十歳の時に都心の新聞社に転職し、以来、編集記者一筋でやってきた。

彼にとっては「人生に不可欠なのは音楽」だった。ピアノの経験こそなかったが、中学・高校と吹奏楽部、大学ではオーケストラに入りクラリネットを吹いてきて、音にはしっかりした思い入れがあった。

さっき試弾が始まった瞬間に「これは普段、家のレッスン室で和枝が弾くピアノとは全く別物」という感触は得ていた。

こぼれ出した音の粒とその連なりの美しさに、少し大袈裟だが「イデア」という言葉さえ頭に浮かんだ。


濱中インポートは元々、管楽器専門の輸入業者として知られているが、ピアノにも力を入れ始め、ちょうどこの頃スタインウェイの正規特約店になっていた。

応対してくれたのは社長の成田さんで、終始ゆったり構えていて、ありがたいことに、こちらから質問しない限りセールストークを差し挟むようなことはせず、和枝の試弾をじっと静かに見守ってくれていた。

ただ、音色への興味はあったとはいえ、廉にはスタインウェイを買おうなどという発想は端からなかった。

音響効果を計算し尽くしたかなりの広さを持つ空間じゃないと、置くことさえ無理なのでは？　特に目の前のB型は全長二メートルを優に超す。「とてもわが家の十二畳の防音室に収まる代物じゃない」と。

「でもどうなのだろう。この新しい音との出会いはあまりにも鮮烈過ぎやしないか」。バラード4番を聴きながらの自問自答が始まった。

「まあ落ち着こう。買えるとか買えないとか、そんなことはひとまず脇に置いておいて、和枝が『これこそが探していた音』というピアノが見つかるまで自分はとことん付き合っていこう」とだけ心に決めた。

店を出ると街のひんやりした空気がのぼせた脳に心地良い。

帰りはその足でランドマークタワーに戻った。家でも愛用している国産ピアノのフェアが開かれていて、ここでも和枝が試弾の時間をもらっていた。

このメーカーの、今家で使っている型よりひとつ大きいモデルを買おうと考えていて、特別仕様のものも含め五台の新品グランドピアノを弾く。

訪れる順序が後先になってしまったが、この日の一番の目的は、ショパン国際ピアノコンクールでも定評があり、進化を続けるこの国産メーカーのピアノの魅力を確かめることにあった。

最初からここのピアノ以外は選択肢になかったのだが、フェアでの試弾予約の電話をした和枝に、ふと「スタインウェイってどんな感じなのかな」と廉が聞いた。

コンクールや演奏会の舞台で弾いている和枝が「そりゃ……、もう……。でもいくらするか知ってる?」。

話はそこで終わりかけたが、廉の方が「でも、ちょっと、音だけでも国産と聴き比べてみたいな」と粘ったため、この日の新高島ピアノサロン行きが実現していた。

そして国産ピアノフェアでもさすがに「極上」の音も聞こえてはきたが、小一時間前に数小節聴いただけでノックアウトされたスタインウェイの音色の余韻を上回るものはなかった。

大きなご褒美

こうして探し始めたグランドピアノ、これはそもそも和枝と廉の一人娘、この春に小学校に入学したばかりの遥に贈る大きなプレゼントだった。

遥は四歳になると家の二階で鳴っているピアノに興味を示し始め、自然な流れでピアノ講師をしている和枝が教えるようになった。

ピアノを弾くことはもちろんだが、鍵盤に触れる前には、太っちょの小人とやせっぽちの小人が描かれたイラストカードを見せながら音の長さや拍の感覚を教えたり、カスタネットを叩かせて体全体でリズムを作る練習をしたり、とにかく毎晩二人でわいわいやっていた。

和枝は国産メーカーが運営する音楽教室の講師を務める傍ら、家でのレッスンや出稽古もしていたので、遥のレッスンはたいてい夜、お風呂の前にということになっていた。

「パパとママだけに聴かせるのもいいけど、ちょっとみんなの前で弾いてみようか」。和枝がそう言って、今年の夏「全国わかばコンクール」に遥を初めてエントリーさせた。

神奈川県に隣接する東京の自治体が主催するコンクールで、幼年の部からレベルが高いことで知られていた。

遥にはコンクールの意味すら教えていなかったので、お出かけ感覚で付いてきて、おそらくほとんど緊張感もなく舞台に上がっていた。

その甲斐あってか一次予選は楽しく弾いてクリアー。二次予選は、課題曲の中からヘンデルの「ガボット」に挑んだ。

遥はその頃バレエも習い始めていたので、和枝は、踊るセンスがないと弾くことが難しいこの曲を敢えて選んでいた。

曲はアウフタクトで始まる。自然な流れに聞こえるようにするのは思いのほか大変だった。

七歳の子に理論を教えるわけにもいかないので、和枝は暇を見つけては遥の手を取り、ダンスをしながら、ピアノでどう歌えばいいのかを教えた。

そして二次予選もくぐり抜け、気が付けば本選出場の五人に残っていた。

本選は遥がトップバッターだった。

紹介アナウンスが聞こえ、舞台袖からそっと会場を覗いた遥は一瞬たじろいだ。「この前と違うね」。

客席はびっしり埋まり空気が断然重たかった。

「何なのこれ、ママ」と、後ろから自分の両肩に手を置いていた和枝を振り仰いだ。

「何だろうねぇ。でもこれ終わったらきっといいことが待ってるから」

「えっ！　何、何」

「内緒よ～」と言いながら、遥の髪からずり落ちそうになったヘアピンを差し直している。

やっと日常じゃない何かが起きていると察した遥だったが、意を決して舞台中央に向かって歩き出した。

その小さな背中を見つめながら、和枝はエールを送っていた。

「やっぱり水色のドレスにして良かったね」


「やったー！」。車の中で遥は喜びを爆発させていた。

廉がナビで調べた、ホールから三十分ほどの場所にあるスーパー銭湯に向かっていた。

これが和枝の言っていた「いいこと」だった。

遥は舞台で湯山昭「『こどもの国』よりワルツ」を弾き、「えっへっへ」とおどけた表情で袖に戻ってきた。一番手の重圧を一歩一歩脱ぎ捨てながら、小走りに。

「さすがに普段通りとまではいかなかったか」と感じた和枝だったが、小さい体をぎゅっと抱きしめ「明るいワルツ、寂しいワルツ、元気を取り戻すワルツをちゃんと弾き分けていたよ」と褒めると、やっと遥に笑顔が戻った。

そして審査結果発表までは四時間近くあるため、何はともあれお湯に浸かって、三人でのんびりしようということになったのだ。

土曜日のお昼どき、大広間はなかなかの混みようで三人分の席を取るのもやっとだった。浴衣姿で天ざる蕎麦を食べながら、話はピアノのことになっていた。

和枝は家のレッスン室に、自分が中学から使ってきた今のピアノのほかにもう一台置かせてもらえないだろうかと言った。

「廉、さっきの遥の演奏どう思った」

「珍しく緊張したのかな。ちょっとだけ硬くなってたけど、音楽はのびのびしてたね。練習の時くらいの力は出せていたような気がするけど」

「そうなのよ。今回試しにコンクールを受けさせてみて分かったことがあるの。この子いつもおちゃらけているように見えるけど、実はどうして、ちゃんと考えてピアノやってるのよ。それでね、遥の力を伸ばしてあげるためには新しいピアノがどうしても必要だと思うの。今使ってるのは相当くたびれてしまっているし、廉も知っている通り、前の調律師が、もっと鳴る楽器にしようと勝手に妄想して、あれこれ手を加えて、響板に要らない細工までしたでしょう。あのせいであと十年、二十年弾き続けたくてももう限界が来ちゃってるのよ」

「いや分かるよ、言ってること。でも今のピアノは下取りに出さないで使い続けるっていうのはどうして?」

「やっぱり私にとっては思い入れのあるピアノなの、どんなに状態が悪くてもね。どうしても今すぐ処分する気にはなれない。それにね、レッスンの時あると重宝するのよ。手本を示す時とか、いちいち生徒さんと席を替わらないで済むでしょ。それに2台ピアノの曲の練習が家でできるようになるなんて夢みたい」

「なるほどね」

「遥が音大めざすとか、将来ピアニストになるとか、そこまでは考えちゃいない。だから将来への投資とかいうのではなくて、今のあの子が正面から向き合えるピアノを探してあげたいの」

スーパー銭湯を出る頃には日はすっかり西に傾いていた。

ホールに戻ってみると、残っているのは大半が審査当事者のためか、客席もかなり空きが目立った。

幼年の部から審査結果の発表が始まった。

「第三十五回全国わかばコンクール幼年の部、入選、平林遥さん」

抑揚のないアナウンスがそう告げた。

廉は一瞬事態が飲み込めなかったが、「遥、あのステージの端っこに階段があるでしょ。あそこから上ってステージの真ん中に行きなさい。さあ早く」。和枝が小声で背中を押すと、遥は身軽にぴょんぴょん跳びはね、あっという間にステージの中央にたどり着き、誰も教えていないのに、ちゃんとお辞儀までしていた。

遥の結果は金賞・銀賞の入賞は逃し入選だったのだ。そして、このあと一般・成人の部まで延々続く表彰式の入選者の総代表として表彰状を受け取っていた。

市長から受け取った盾と賞状を押し抱き、たぶん勘違いしたまま真っ赤な顔で席に戻って来た遥。案の定、廉の耳元でささやいた。

「ねえ、遥、優勝したの!?」

ステージ上は幼年の部入賞者の表彰に移っていた。

「遥、ほら見てごらん。遥と一緒に頑張った子たちだよ。みんなが褒められて、きょうはホントに嬉しいね」

金賞とか銀賞とか、それはもらえるに越したことはない。でも遥くらいの歳の子にとっては、「ほかにも頑張っている子はいて、一生懸命練習したから自分もここに来られたんだ」と気付くことの方が大切なんじゃないだろうか。廉はそんなことを思っていた。

「弾く」と「聴く」

出物を見に行くことを、二人は「ピアノ探しの旅」と名付け、プレーヤー和枝、リスナー廉が必ずセットで出かけることにした。

音色と響き具合を客観的に聴いてくれる「外の耳」を和枝が必要としたためだ。

新高島ピアノサロンのスタインウェイとの出会いから一カ月後、横浜市内の国産メーカーのショールームへ出向いた。

家のピアノと同型のものが一台、「買うならこのサイズを」と考えている少し大型のものが二台、モミの木のツリーを取り巻くように置かれていた。

クリスマスフェアのイベントとして、店内ではその大型のピアノを使ったミニコンサートが開かれた。

画家ワシリー・カンディンスキーの孫のミハイル・カンディンスキー氏が展示ピアノの間から飄々と姿を現し、ラフマニノフの前奏曲を弾いた。

天井の高さも広さ的にも制限のある店内は、家の演奏環境と重ね合わせることができ、音の通り方、聞こえ方を知る上でとても参考になった。

早速和枝が三台の試弾に臨んだが、唯一可能性を感じられるピアノは家のものと同じ小型のグランドだった。

二人は失望こそしなかったが、「妥協だけは絶対やめよう、これぞというピアノが現れるまでは」と長期戦になることを覚悟した。

そよ風に青葉の匂いが交じる季節を迎えていた。

近くの大庭城址公園の桜が三分咲きになったと知らされた日、和枝と廉は東京メトロ丸ノ内線で中野坂上に向かっていた。

「音の質感っていうのかな、たとえば乾いているとか湿り気があるとか、よく通るとか籠もった感じ、とかね。あと低音、中音、高音のバランスはどうなのか、弾いていて心地良いのか、違和感があるのか……。そういう楽器それぞれの持ち味はもちろん、試弾していると『ピアノ本人』に直接聞いてみたいことが山ほど出てくるわけよ。でも持ち時間の制約もあるからさ、ちょっと親しくなりかけてきたところで隣のピアノに移るでしょ。そうすると最初の数小節でさっきのピアノの感触はヒューってしぼんでいっちゃう。そんな感じなのよ」

「じゃあ、試弾を続けていく、今の探し方では正解に辿り着けないじゃん」

「そうとも言えるわね。でも、今まで八台弾いてきたけどしっくりくるものに出会わなかったというのは本当よ。あ、いや、スタインウェイを入れたら十台か。ウチに縁がない名器を数に入れても仕方ないもんね」

「スタインウェイは正直どうだったの？」

「タッチも音も『おおーっ！』って感じはあった。でも好きな音ではなかったんだな。中古品に染みついた癖なのか、単に調整の問題なのか分からないけどね」

ピアノ選びもなかなか楽じゃないなという思いが脳の頭をよぎったとき、背後からもふわっと蛍光色の明かりに包まれ、電車は中野坂上駅に停車しようとしていた。

地上は風が立って埃っぽく、青梅街道の二つ先の赤信号が朱色に霞んで見えた。めざすのはベーゼンドルファーのショールーム。歩いてすぐだった。そしてガラス扉、防音扉と二つのエントランスをくぐると、そこは空気の重い異質の空間。ピアノ四台の息苦しいまでの存在感がそうさせていた。

「オーストリアの至宝」と言われウィーンっ子に愛され続けてきた楽器。調度品としても珍重されるという美しい外観。堅牢な漆黒の外枠に囲まれ、ブロンズ色の鉄骨が覗く。三本の脚のラインもたっぷりした美術品のような意匠だ。

そして和枝にとっては、もう長い間ずっと気に掛かっていたピアノメーカーだったのだ。

和枝と廉は十七年前の一九九三年の元日、鎌倉の佐助に住む共通の友人である木南理子の紹介で知り合った。

木南宅に招待されていた二人。東京・中野の会社の独身寮から来た廉は約束の時間に着いていたが、高森和枝は優に三十分遅刻して玄関に飛び込んで来た。

「ごめんなさ～い！　でもシフォンケーキ作ってきたので許してください」と屈託のない笑顔を振りまいてテーブルにケーキを置き、廉の斜め向かいの席に着いた。廉はその瞬間「これはいい！」と一も二もなく嬉しくなっていた。

余談になるが、和枝は三姉妹の末っ子で、廉はそこからさらに十年ほどさかのぼる大学時代、長女の高森真咲とはすでに知り合っていた。

東京から来た男子四人と鎌倉に住む女子四人が、同じく木南宅に集まる「合コン」の席だった。

廉には、きょう会う和枝が、その合コンで特に印象に残った「あの真咲さん」の妹と分かっていたので、内心かなり期待はしていた。

とはいえ、こんな場面でいつも心を曇らせる自分の脚の事情を素通りできるわけはなかった。期待が大きければ尚のことだった。

廉は、和枝が脚のことに気付く瞬間が怖くてたまらなかった。

昼食をいただいた後、彼女のピアノ演奏を聴こうと、二階に上がることになった。

廉が先に立って階段に足を掛けたとき、後ろから和枝が言った。

「あれ、足しびれちゃった？」

何の曇りもない天真爛漫な響きだった。

「うん、ちょっと左脚が悪くてね」

廉は自分でも意外なくらいすんなり答えていた。

「花火みたいな柄の、その靴下いいなぁ」。足元で和枝の声が続く。

「そう？　ありがと」

「ポロシャツの襟を立てているのと花火の靴下が、きょうのおしゃれポイントってわけ？」

とぼけた和枝の質問に、階段を上がりながら思わず笑ってしまった。

ピアノに向かった和枝は、譜面立て越しに真っ直ぐ廉を見ていた。

廉の不安に気付かないふりをするのではなく、その目は「脚のことですか？　問題にしていません」と語ってくれていた。

ひと呼吸置いてショパンのバラード1番が流れ始めたが、廉の心が温かい涙で満たされる十分間だった。

夜になって友人宅をお暇し、七里ガ浜に帰る和枝を見送りがてら江ノ電鎌倉駅まで歩いた。

改札口を通り、振り返った和枝が「明日のお仕事は」と聞いてきた。

「えーっと、夕方五時出社で、仕事は午前二時半に終わるかな」

「へえ、モグラみたいな人生ですね～」

ニヤッと笑うと八重歯が覗いた。

和枝は翌日から豪華客船「飛鳥」の沖縄クルーズでピアノを弾く仕事が入っていたため、その帰りを待って一週間後に廉から電話をし、二人の交際は始まった。

ただ、デートにはなかなか行けなかった。というのも和枝が「ＥＦＧ新人ピアノコンクール」にエントリーしたからだ。

これは二人が知り合うずっと以前から決めていたことで、和枝は前年の夏から本格的に練習を積んでいた。

一次予選はテープ審査ですんなり通った。

そして二次予選の会場だが、これはやはり縁というしかないだろう、廉が勤める新聞社の浜風ホールだったのだ。

花冷えの青空が澄みわたる午後、廉はホールに向かった。

シューボックス型、つまり「靴箱のような立方体」という意味の、長細い室内楽専用ホールで、真ん中辺りの席に座った廉の目に、舞台の和枝は随分遠く見えた。

しかし彼女の両手が振り下ろされ第一音が耳に届いた瞬間、視覚は頼りにならなくなった。聞こえてくる音だけに廉はついていった。

ショパンの幻想ポロネーズ。心を打ち砕かれた人の慟哭のような低音、諦めを甘受するように中音から高音へと広がっていく波紋。音楽そのものはもちろんだが、何よりこのピアノが発する音は和枝の言葉になり得ていた。

廉は最初から最後の三十人目までを聴き通したが、後半は「十六番　高森和枝」の演奏ばかりが頭の中で繰り返し流れていた。


その夕方、初めて二人で銀座の街を歩いた。

和枝は銀座のことはあまり知らなかった。にもかかわらず鎌倉で出会った日と同じあの笑顔を見ると「銀座の街にぴったり馴染むな」と廉は嬉しかった。

数寄屋橋交差点を渡ってすぐのイタリア料理店に入り、早めの夕食にした。

二階の窓辺の席からは、斜め向こうにソニービルが見え、灯のともる、この街が一番綺麗に見える時間帯だった。

「きょう弾いたピアノ、響きが神がかっていたけど……」

和枝はクスッと笑って「でしょう、私が弾いたんだもん」

「うん、そうだね」

「冗談よ。そのくらいのこと、ポンと平気な顔で言い切れる図太さが私にもあったらなぁ。ところであのピアノね、ベーゼンドルファーっていうのよ。名前聞いたことある？」

「ああ、名前だけはね。ウチの社のホールを運営する文化事業部の人に、コンクールの予習のつもりでこの前聞いたんだけど、あのホールにはヤマハ一台と二台のスタインウェイと、そのなんだっけベーゼンなんとか」

「ドルファーね」

「そう、合わせてその四台がスタンバイされているんだって」

「へぇー、いいこと聞いた。ありがと。それでさ、ホールが立派過ぎるじゃない。コンクールの緊張感がますます高まったってわけ。でもどうしてなんだろう。序奏の後に出てくる、ほら、あのポロネーズ特有のフレーズがあるでしょ。あそこからは曲にぐいと引き込まれて、最後まで気持ちよく弾ききることができたのよ」

「ものすごくいい時間を過ごせたってこと？」

「うん、そうねえ、何かに体ごと持っていかれている感じ。あんなの初めてかな。拍手受けてお辞儀した瞬間、思わずピアノの金色のロゴを確認しちゃった」

「これがBösendorfer（ベーゼンドルファー）かって？」

「そうなの」

ベーゼンドルファーで弾いたショパンの幻想ポロネーズが和枝と自分を急速に近づけてくれている、と廉は感じていた。和枝の音は廉にとって、真っ直ぐ心に届く大好きな音になっていた。


和枝は仙川にキャンパスがある音楽大学のピアノ科出身だった。

演奏家としての名声を求めバリバリ進んでいく技巧派タイプではなく、競争の世界からは少し距離を置き、自身の音をじっくり練り上げていくタイプのピアニストなのではないかと廉は勝手にイメージしていた。

現実には和枝が、卒業一年後に「よこはま音楽コンクール」でモーツァルトのソナタ14番を弾いて一位を獲ったことは知っていたが、廉のイメージはあくまでも求道者的なピアニスト像だった。

そしてそういう人の演奏を、この先も傍らでずっと聴いていきたいと思った。

翌日、和枝から二次予選通過の知らせがあった。

本選は三週間後、大阪フェスティバルホールで開かれ、和枝を含め十人が舞台に立った。

その日の夕方、仕事中の廉に大阪の和枝から電話が入る。

「うーん入賞はなかった。まあ、入選できただけでも褒めてください」

笑って通そうとしたようだが、涙で声が途切れた。大阪と東京の距離を、廉はもどかしく思った。

和枝は柔らかいタッチでピアニッシモの感触を何度も何度も試していた。そう、ここは浜風ホールではなく中野坂上のベーゼンドルファーのショールームだった。

音を聴きながら、美しく交差する弦の配列を見ているうちに、廉は彼女と出会った頃の記憶にどっぷりはまっていた。

　きょうはショパンの幻想ポロネーズをメインに試弾していた和枝だったが、ものの二十分ほどで四台目のピアノから離れると「うん、どうもありがとうございました」とあっさり店員に挨拶していた。

「え？　え？」廉の方がどぎまぎしてしまう。

「あのベーゼンドルファーだよ。もういいの？」

「いいのよ。ホールで、しかもコンクールという特殊な状況で出会ったからベーゼンドルファーは特別な楽器だと思い込んでいただけ。それももう昔の話。いま弾いてみてはっきりした。とっても美しい音が出るけど私には向かないわ。これだったら、慣れ親しんだ国産メーカーのピアノの方がわかり合えるかな」

　休日に、わざわざ東京まで出てきたのだからと和枝と廉は次の目的地に向かう。

日本橋の百貨店で「ピアノ三大名器フェア」と銘打ってスタインウェイ、ベーゼンドルファー、ベヒシュタインが一堂に揃う企画展をやっていたのだ。

　和枝はドイツ製のベヒシュタインから試弾を始めたのだが、「ほかのピアノの音と人の声が渦巻いていて自分の音に集中できない」と、早々と弾く手を止めてしまった。

廉は居並ぶピアノ群の間を一人で歩いていた。

このうちの一台を自宅二階の和枝のレッスン室に入れたらどうなるだろう。今ある一台とどういう配置で並べようか。そうだ椅子もコンサート会場のような背もたれのないタイプを買ってあげないとなあ、と練習環境の充実をいろいろ思い描いた。

目の前にあるベーゼンドルファーはやはり重厚かつ格調高い美術工芸品だ。そして久しぶりに見たスタインウェイはシンプルでスマートだった。いつの時代にも適応していける生命力、言いしれぬ迫力をそのたたずまいから感じていた。

空振りの旅

急いでいるようでいて、それほどでもない。根は呑気な和枝と廉の頭上には、いつの間にか秋の気配を感じさせるような高い空が広がっていた。

ピアノ探しはやみくもに出かけていっても満足のいく結果は得られない。出物の情報を待つ時間も必要だった。

和枝の出身音大、かつての職場関係など情報源はいくつかあったが、長らく懇意にしている調律師の伊東さんをとりわけ頼りにしていた。

家での調律ひとつとっても、和枝の人生にピアノがどれだけのウエートを占めているかを感じ取ったうえで作業をしてくれていた。そういう細やかさがあった。

今回のピアノ探しにおいても「メーカーのイメージに引きずられず、とにかく一台一台、音色に耳を澄ませて決めてください。それこそ一生の付き合いになるのですから」と口酸っぱく言ってくれていた。

情報を待ちながらも何かヒントを見つけようと二人は四カ月ぶりにピアノを見に出かけた。

それは国産メーカーの販売店ではなく、あの新高島ピアノサロンだった。

成田社長から「正規特約店になったということで新品のスタインウェイが入荷しました。店内の模様替えもしましたので、ぜひ」との連絡をもらっていた。二人とも「新品ってどんな感じなんだろう」と出向かずにはいられなかったのだ。

新高島は貿易港の香りがする街だ。輸入ピアノを探すのにお似合いの場所と言えるかもしれない。二人はうきうきした気分で店の階段を上がっていった。

冬に初めて訪れたときにもあった〇型ともう一台の〇型の中古は計二台、そして新品は

B型、O型と、その中間のサイズのA型が一台ずつ、これは表通りに面した明るい窓辺に置かれていた。

和枝は目をつぶり、ショパンのノクターン13番ハ短調を滔々と弾いていく。ゆったり音を転がしたかと思うと突然ぴょんと立ち上がり蜜蜂みたいに忙しげに隣に移り、また目を閉じ曲にのめり込んでいく。

コントを見せられているような感じもするが、和枝本人は真剣そのもので、その動きは芸術家らしくもあり、道を究める学者にも見えたりする。

ひと通り試弾した頃合いを見て「どんな感じ?」と聞くと、「何もわかんない」とあっけらかんとしている。どういう頭の構造をしているのだろうと苦笑するしかないが、どんなピアノに出会えるのだろうとわくわくしている今が一番幸せな時なのかもしれないと廉は思った。

二人のピアノ探しの旅は大いなる好奇心と細心の注意をもって進められている。

それからちょうど一カ月後、調律師の伊東さんの紹介で浜松にある「亜細亜ピアノ」を見に行くことになった。

ここは元々ピアノメーカーで、もう半世紀以上、自社ブランド「TITAN（タイタン）ピアノ」を作り続けてきたが、数年前スタインウェイの正規特約店になり、販売事業にも力を入れていた。

新品も扱うけれど、長年培ってきたピアノ再生技術を生かした中古スタインウェイの在庫が充実しているとのことだった。

国産の出物を探し続けながらも、同時に「お買い得スタインウェイ情報」にもアンテナを張り始めた和枝と廉にとって、亜細亜ピアノは魅力の場所だった。

空には雲ひとつなく残暑さえ感じる。

朝十時に藤沢駅に着き、「大船庵」の売店で鯵の押し寿司とサンドウィッチを買って、ホームに下りた。

行きは四時間、東海道線の旅。小田原で乗り換えると車内はがら空きで、ボックス席に並んで腰かけ、すっかりピクニック気分でお弁当を食べた。

二人とも頭のネジが三回転緩んだような開放感に浸っていた。

「廉、お寿司とサンドウィッチってどういう取り合わせ？　でもめちゃくちゃおいしいね。ところで、この席食べていいんだっけ?」

何が可笑しいのか和枝はひとりではしゃいではケラケラ笑って、しまいにケホケホむせている。目的地の浜松市郊外の駅に着く頃には声がかすれていた。

気付けばJR東海のエリアに入っていた。橋上式の駅の改札を出ると亜細亜ピアノの営業担当者が迎えに来てくれていた。


建物の二階、体育館みたいな大広間、しかも総鏡張りという不思議な空間に大きいB型からアップライトまでスタインウェイがびっしり列を成していた。

調律の済んでいる一角を示され、和枝は中古、新品合わせ八台を試弾する。

廉は少しだけ離れた所から聴いていたが、ふと背後に人の気配を感じた。

振り返ると、値踏みするような視線を不遠慮に投げて寄越す男が立っていた。

お辞儀をして言葉だけは丁寧に、名刺を差し出す。肩書は「ピアノ・テクニシャン」となっていて、廉が顔を上げた途端、「僕のスタインウェイは」と語り出した。ケレン味たっぷりに。

和枝にはピアノ探しに専念してもらいたいので廉が話し相手を一手に引き受ける。

いま試弾中の八台はすべて自分がベストな状態にまで持っていったとか、家にはスタインウェイ五台とベンツ二台があるとか、アルフレッド・ブレンデルに調律のことで意見したことがあるとか、廉が好きなベルリン・フィルの元首席クラリネット奏者カール・ライスターとは親交があるとか、講釈とも自慢話ともつかない大変ありがたい「僕のスタインウェイこぼれ話」をたっぷり一時間弱聞かされた。

廉の方は、忍耐もそろそろ限界に来ていたところで、太宰治『親友交歓』の不気味さと滑稽が入り交じるやり取り「かかを呼んで来い。かかのお酌でなければ、もうおれは飲まん！」がひょいと頭に浮かび、思わず声を立てて笑ってしまった。

すると、廉の突然のリアクションにポカンと口を開けたテクニシャンは、無言で一礼するとそそくさと鏡の扉の外に消えていった。

「世界の頂点を極めたブランドに関わるわけだから、自分の立場を勘違いする人間が出てきても仕方ないのかな」と思った。

和枝が「良くないよ、このラインナップ。まあ強いて言えばね……」と言いながら廉の袖を引っ張った。「この新品のA型かな。中音域の鳴りは物足りないけどね」

中古には弾き続けてみたいというピアノは皆無で、まあまあ状態の良いO型一台を拾い出せたに過ぎなかったという。

さっきのピアノ・テクニシャンの自信たっぷりの横顔が目に浮かんだ。「あなたが手塩にかけたスタインウェイの響きがこれですか」と言ってやりたくなるくらい収穫の乏しい一日になってしまった。

中古への期待も一気にしぼんだ。

帰りは新幹線に乗った。それで少し気が大きくなったのか、和枝と廉は新品スタインウェイを探してみる可能性についても初めて話した。


九月下旬、亜細亜ピアノ見学の報告も兼ね、新高島ピアノサロンへ出向いた。

この頃には社長の成田さんが、ピアノ選びの、ある意味では良き相談相手になっていた。ピアノそのものの知識はともかく、「いい楽器を見つけてきて安く提供してあげよう」という販売上の配慮が感じられ相談しやすかったのだ。

「世界で最も複雑な手作り機械装置」と称され、クラフトマンシップに支えられ、現代でも量産はされていないスタインウェイピアノ。家庭に迎え入れるにはまず価格の壁があった。家庭やスタジオ向きの新品となると、どの型でも一〇〇〇万円前後なのだ。

さらに置く場所の問題もある。

平林家の場合、レッスン室は二重壁、二重床と防音対策には万全を期したが、音響効果に特段の配慮がされているわけではない。都心のスタジオなどとはわけが違う。

極上の名器を置いたところで、音響面での費用対効果はどの程度のものなのか。買うか否かを迷う以前に、最高の音を保証してくれる基準すらなかった。

こちらもピアノ選定の明快な判断基準を持ち合わせているとは思えない成田社長。亜細亜ピアノでの中古探しが不調に終わったことを話すと、「そうでしょうとも」とばかりに身を乗り出し「これからは新品の時代です」と大きく出た。前回来訪の折、和枝が新品を弾いて「このA型はなかなかですね」と言っていたのを社長は記憶していたのだろう。

「あ、ところで平林さん、こんな企画があるのですが」と成田社長はちょっと脇道に逸れ、この店で開催予定のイベントについて語り出した。

親会社の日本スタインウェイ社が全国規模で行うウラディミール・ホロヴィッツのピアノ展示会だった。

二十世紀を代表するピアニストの一人であるホロヴィッツが一九三〇年代に、指揮者・

トスカニーニの娘ワンダとの結婚記念に手に入れたニューヨーク工場製のフルコンサートグランドを、全国の加盟店に巡回させ、来店者にも試弾してもらうという趣向だった。

成田社長からは、これを新聞紙面で紹介してもらえないだろうかと打診があり、今度は新聞社勤務の廉の方が相談を受ける立場に回ることになった。

地域ニュース紙面の編集セクションでデスクをしている廉は、クラシックファンのみならず一般読者にも届けたい話題と判断し、横浜総局のデスクと文化部の記者に取材を依頼した。そして後日、神奈川県の地域ニュースのページにホロヴィッツの顔写真入りでイベントの前触れ記事が載ることになった。

これに有頂天になったのだろう、成田社長は大きなプレミアムを提示してきた。「新品を購入していただけるのでしたら二割お引きします」というのだ。しかも選定は羽田にあるセレクションルームで好きな型の四台からじっくり選んでほしいと。

たとえば、この店で和枝の目に止まった新品のA型だったら、希望小売価格が九〇四万円だから七二〇万円ということになる。

他店と比べるまでもなく、また常識で考えてもこれは破格値であり、この提案には、和枝も廉も瞬時に心をわしづかみにされた。

「早速案内してください、セレクションルームへ」

廉は喉元まで出かかったが、隣の和枝の考え込む様子に気付き、はっと我に返った。

今回の買い物では価格は確かに重要だ。だが選択肢がひとつの型の、しかも四台のみという選定会場で果たして音色への満足が確実に得られるのだろうか。最大の決め手について何ら保証がなかった。

セレクションルームへ行くということは即ち、そこに用意された四台の中から選んで購入する、という約束を交わしたことを意味する。

成田社長は確かに心底親切な提案をしてくれていた。でも音の追求という本来の議論をし尽くせないまま一生ものの買い物をするなんて、やはり無理。甘言にひょいひょい乗って行き着く先を間違えでもしたら元も子もないという自制心が土壇場で働いた。

思わずため息

調律師の伊東さんから「M型という小さいグランドピアノですけど、実にスタインウェイらしい音色の楽器が見つかりました」と出物の情報が入った。早速和枝と二人連れて行ってもらうことになり、家の近くの善行駅で待ち合わせた。

家から駅に向かう坂道には、公園から木々の枝が張り出していて、散り敷く紅葉にドングリも交じり、もう秋真っ盛りだった。「豊作ね」と嬉しそうな和枝は、遥へのお土産にするのだろう、二粒、三粒と形の良い実を選んでは、レインコートのポケットに忍ばせていた。

埼玉県春日部市にある「ラルゴ楽器」は中古ピアノを再生して販売する会社だった。店舗は持たず、業者しか立ち入ることのない倉庫に伊東さんの紹介で特別に入れてもらった。

巨大なバラックの二階に案内される。入り口からすぐに、白布で覆われ積み上げられた無数のアップライトの「山脈」が立ちはだかっていた。

スタインウェイ群はその奥に「平野」のように広がる。真ん中辺りには最も大きいフルコンサートモデルのD型が無造作に置かれていた。

伊東さんに「平林さんどうぞ。まだ再生途上のものですが」と促され、和枝が弾いてみる。でも、この作業場兼倉庫の環境の方に目を奪われ、音の深みを測る心のゆとりがまだできていないようだった。

このD型、仕上げて六〇〇万円台で売りに出すそうだ。

ここの若社長は二代目で大変な勉強家。ドイツ語も独学で身につけ、スタインウェイはハンブルクまで単身出かけていっては買い付けてくる。無闇にいじくり回すようなことはせず、中古ピアノとしての評価も業界内で高いらしい。

さて、伊東さんイチ押しのM型は？　と周りを見回す。

ウォールナット色で猫足の、こぢんまりした可愛らしいピアノがそれだった。

和枝が鍵盤に触れると、温かみのある粒の揃った音が返ってきた。フォーレの「ヴァルス・カプリス第1番」を弾くとしっくりきた。「いいねー!」。異口同音に感想が漏れる。和枝は打鍵の感触と音色のあまりの心地良さに、ワルツの躍動感に身を任せて弾き続けた。

これは四〇〇〜五〇〇〇万円。

音色と価格と将来性の三つが頭の中でぐるぐる回りだし、もう収拾がつかない。

床板がきしむ埃っぽい倉庫でのスタインウェイ探し――。稀有な生々しい体験となった。

さらにアップライトピアノの倉庫も見学させてもらい、宇都宮で生まれた「イースタイン」など珍しい楽器にも出会った後、次の予定がある伊東さんとは別れた。

午後は伊東さんの紹介で、国内でのスタインウェイ販売の牙城とも言うべき呉羽楽器商会に向かう。

伊東さんは、楽器店としてのピアノの扱い方に不満を感じているのか、二人が通う新高島ピアノサロンの話題にはあまり興味を示さず、「スタインウェイを選ばれるのなら呉羽楽器にいらっしゃい」と以前から勧めてくれていた。

和枝と廉にしてみても、値段の誘惑にかられて新高島ピアノサロンに決めてしまう前に、呉羽楽器商会の手掛けるスタインウェイは見ておくべきだろうという考えはあった。

日比谷公園向かいのビルの地下一階、ガラス扉を押すとB型、A型、O型と四~五台ずつ美しく並んだスタインウェイ群が迎え入れてくれた。

さっきの「倉庫スタインウェイ」に出会った時とは別種の興奮を覚える。伊東さんの紹介で来た旨を告げ、誰もいない店内で和枝が次々試弾していく。

思わずため息。

どれもこれもいいのだ。新高島ピアノサロンでも亜細亜ピアノでもあり得なかった経験。スタインウェイ社の広告コピーは「Inimitable Tone（比類なき音）」というものだが、まさにどれをとっても「比類なき音」なのである。

この店で選定したら間違いなく迷いは深まるだろう。でもそれは嬉しい迷いであって、ここでなら安心して選べるということが、和枝の試弾ではっきりした。

ただ、説明に当たったのは高飛車で嫌な感じの店員。「売ってあげます」と言わんばかり。「ここでは買ってあげたくないな」。ずっと親切に接してくれた新高島ピアノサロンの成田社長の顔がちらっと頭の中をよぎった。

年内にB型中古の販売会があるという貴重な情報を得て帰ってきた。

呉羽楽器商会でスタインウェイB型中古販売会の第一弾が行われたのは十月二十一日のことだった。この日を含め年内三回開かれるが、各回一台ずつ登場する。

スタインウェイピアノはドイツ・ハンブルクと、アメリカ・ニューヨークの工場で作られるが、呉羽楽器の提供する中古は大半がハンブルク工場製だ。

その特徴は、ドイツから新品の状態で輸入され、日本のユーザーの手元にあったものであること、そして比較的年代の新しいものに限られているということだった。

ドイツと日本とでは気候の差が激しいため、「ドイツで長く使われ成熟した楽器が、突如日本に連れて来られて個性を発揮できるのだろうか」という疑問に対する呉羽楽器の答えがそこにあるということだ。

できる限り新品に近い状態に仕上げてから売りに出すが、不要な復元は試みないのも特徴らしい。

楽器の個性を尊重するため、くたびれてしまった部品のみを純正の新品と交換し、生き続けている部品には手を加えない。塗装も然りということらしい。


さて発売は開店の十一時から。和枝、遥、廉の三人は十時四十分に店に到着。ところがすでに三組来ており、平林家は四番目の椅子で待つことになった。

来店先着順に店との交渉権が得られる仕組みで、一番目の人は朝八時半から並んでいたそうだ。

まもなく和枝ら三姉妹の真ん中の姉、美月も千葉の東金からこの販売会のために駆けつけてくれた。

美月は和枝とは一歳違いで、やはり音大のピアノ科を出て、私立大学付属小学校の音楽教師を長らく務めてきた。クリスチャンでもあり、母校でパイプオルガンも学んでいて、鍵盤楽器全般の知識が豊富だった。

いよいよ順番が回ってきた。ショールームの新品B型の列の端に一九八〇年製のスタインウェイが置かれていた。ピアノの先生をしていた方が、老人ホームに入るのを機に手放すことになったとのこと。

和枝、美月の順で試弾。専門家二人によると、いいピアノには違いないが、高音部がカタカタ鳴る感じが引っかかる。それに中音域の音の出方が物足りないとのこと。美月は「高い音はちょっと木琴チックね」と言っていた。

廉は、初めての来店時に和枝が弾いた、通路を隔てて後方にある新品のA型の音の方が良いように思い、これなら今回はちょっとパスしてもいいのかなと感じていた。所詮交渉権は四番目。ウチに回っては来ないだろう。

美月と四人、有楽町でドイツ料理の店に入った。

和枝はそれでもさっきのB型にかすかな未練があった。かなりいい楽器、というタッチ感がその手には残っていた。

「音色の難点は調律や整音でカバーできるんじゃないかな？　人手に渡ってしまうのはやっぱりちょっと悔しいな」。六二〇万円でB型が手に入るというのも魅力だった。

でもこの楽器は後日、「十月二十六日にご契約いただきました」との手紙が呉羽楽器から届く。一番目の人が購入したとのことだった。

振り出しに戻ったが、和枝もそれはそれでさっぱり気持ちを切り替えていた。

風に吹かれて

十一月十六日、招かれていたホロヴィッツのピアノ展示会に和枝と廉とで出かけた。新高島ピアノサロンの成田社長が歓待してくれる。

年配の女性が思いつくままに賛美歌を弾いていて、その優しい響きは、クリスマスシーズンが近づいていることを二人に教えてくれた。

一人三十分の持ち時間で巨匠ホロヴィッツと「対面」できる。展示されているのはニューヨーク工場製、艶消しブラックのフルコンサートグランド。製造番号は314503。

日本ではピアノのボディーは鏡面艶出しの黒が定番だが、欧米ではむしろ艶消しが主流だそうだ。

和枝の番になり、廉は持参したビデオカメラを回す。

時間は限られているので曲のハイライトのみの演奏となったが、ショパンのノクターン、バラード、シューマン「トロイメライ」、モーツァルト「幻想曲」、フォーレ「ヴァルス・カプリス」、ドビュッシー「喜びの島」と、和枝は休むことなく弾いていった。

調整の行き届いたクリアーかつ柔らかい音色。「想像していたのよりずっと弾きやすい」と笑顔に。

スタインウェイのコンサートグランドは鍵盤を押すのに必要な重量が四十五〜五十二グラムの幅で調整されているが、ことさら軽いタッチを好んだホロヴィッツ仕様では四十二グラム。でもこれでは一般の奏者にはさすがに弾きにくかろうということで、今回の展示会では四十七グラムに設定されたということだ。

神奈川の地元紙が取材に来ていて、和枝の演奏シーンを撮っていく。

翌日、駅の売店で新聞を買ってみると、演奏する和枝と、ピアノの大屋根の陰に立つ廉の姿が、24面の地域面に載っていた。

さて、展示会の帰り際のこと、成田社長から再び新品を勧められ、今度は二割引に加え、日本スタインウェイ社の年末企画で十万円キャッシュバックの話を持ち出され、A型なら七〇〇万円そこそこで新品が手に入るという夢のような現実を改めて提示された。

呉羽楽器のB型中古は先日一回目のチャンスを逃してしまったし、A型の新品は、セレクションルームまで行けばきっと意中の逸品が見つかるんじゃないかなと廉は思った。

和枝にしても、もうこの頃にはスタインウェイを買うのが荒唐無稽な話ではなくなっていたのだと思う。

そして気付いてみると、いつの間にか二人の金銭感覚も麻痺してきていた。七〇〇万円でも「安い」と感じるようになっていたのだ。善し悪しの問題ではなく。


和枝と「成田社長との商談にもそろそろ答えを出さないとね」と話しながら新高島駅で別れ、廉は会社に向かった。

その日の午後のことだった。転機の風が突然、それも全く予想外の方向から吹いてきた。

K県発注工事を巡る談合事件の容疑者から、廉の勤める新聞社の記者が数万円を受け取っていたことが発覚し、即日処分された。取材相手との現金授受ということで新聞各紙、テレビ各局もすぐに反応し、編集局内には綱紀粛正の全員メールが流れた。

深夜帰宅し、すぐ寝床に就いた廉だったが、和枝の寝顔を見ていると何だかモヤモヤした気持ちがこみ上げてきて、なかなか寝付けなかった。

翌朝、リビングに下りて顔を合わせると、和枝が開口一番「ねえ廉、成田さんの所からピアノ買って大丈夫なの？」と聞いてきた。

「昨日の報道を聞いてそう思ったの？　でもあの一件と今回のウチらの商談とでは全く種類の違う話だよ」

「でもさ……。何か引っかかるんだよね」

和枝も不安に思っていたのだ。これで五割方腹は決まった。廉は新潟に住む父親に相談。

「やめておいた方が無難かもしれない」との返事。

そして最後に自分の所属長である清水編集長に意見を求める。折が折なだけに報告を兼ねた質問のつもりで。

けれど編集長はいいとも悪いともコメントしない。「大きい買い物」に配慮してくれてのことなのかどうか、黙って廉の目を見ている。

そこで廉は質問を変える。

「そういう値引きを提案されたら、清水さんなら買いますか？」

「いや、俺なら買わないけど」

間髪入れず答えが返ってきた。

これで廉の対応は決まった。「成田さんの所からピアノは買えない」と。

成田社長の破格の値引き提案には取材へのお礼が込められており、それは彼自身明言していた。

ホロヴィッツの企画が記事になった時点で、新高島ピアノサロンにとっては明らかに宣伝になったわけで、その対価として「値引き」が生じたとすれば、立派にカネが動いたという解釈も成り立つのではないだろうか。そうでなくても、後々「行き過ぎた廉売」とどこからか叩かれないとも限らない。

値引き額二〇〇万円。最後はこの数字をどう受け止めたら良いかわからなくなった。考え過ぎかもしれないと思いながらも、廉はここで結論を出し、あの温厚で親切だった成田社長に頭を下げた。

大好きな音

十二月二日の朝、和枝と廉は呉羽楽器商会のB型中古販売会第二弾に来ていた。ピアノ探しの旅も、国産は選択肢から消え、二人が「弾きたい」「聴きたい」スタインウェイ探しへと行き着いていた。

今回出品されたのはかなり手が加えられた代物で、店の技術サイドから「少々難あり」

とのコメントも事前に届いており、調律師の伊東さんからも「見送っていいでしょう」とアドバイスをもらっていた。

それでも和枝と廉は「やはりこれもひとつのチャンス」と考えた。

開店時刻、店の前には誰一人並んでいなかった。前回販売会とは大違い。あっさり「交渉権一番」をもらったが何か拍子抜けした気分。

早速弾いた和枝だったが「手が痛い」と、弾いたときの違和感を真っ先に訴える。そして音はすべての音域で平板な印象という結果で、すぐにパスすることにした。

このスタインウェイは一九七八年製で六〇二万円。

元は鏡面艶出しだったボディーを艶消しに塗り替え、鍵盤も張り替え、ハンマーと全弦を交換、鉄骨は再塗装と、古傷をすべて覆い隠しての登場。どこか無理があるような、痛々しい印象さえあった。

オーバーホールに一〇〇万円かかったというこの楽器、もはやスタインウェイというより「呉羽楽器製ピアノ」と言っても過言ではないのでは、と廉は思った。

二人とも、わくわくするような感じや将来の可能性に思いを巡らしたいという気持ちは起きなかった。

でもそういうネガティブな感触を得ることも大きな収穫に思えた。

店の方からは「新品購入」の条件付きで、十四％の値引きと十万円のキャッシュバックが提案された。これで呉羽楽器でもA型かO型ならどうにか手が届く算段となった。

十二月二十日、二人は、新品ならどれにしようかと、初めて正真正銘の選定に取りかかっていた。和枝は「どれもこれも素晴らしすぎて」と改めて感じ、弾いているうちに顔も紅潮してくる。

この日は、調律師の伊東さんの紹介で呉羽楽器商会の本店長、宮田さんが直々に選定相談に乗ってくれた。

中古ピアノのメリットにも話は及んだ。

「値段云々じゃなく敢えて中古を選ぶピアニストも多いです。昔のスタインウェイの方が新品より良い材料で作ってあるし、長年使われたことによって音の響きが新品より優れている場合があるからなんです」

材料といえばピアノは木材、羊毛、鹿皮など有機的な部材に支えられているので、地球環境の諸問題を考えたら、ひと昔前の材料で作られた楽器の方が良いと考えるのが自然だ。

　そして響きの問題だが、使用状況によって熟成され、新品にはない音色感が醸し出される場合があるということだ。一方、新品には自分の手で音を熟成させる楽しみが待っているわけで、自分がどんな音楽人生を思い描いているか、それが見えていないと最適な一台を選び出すのも難しいようだ。

「うーん、煮詰まったぁ」。ピアノ群に取り囲まれた和枝の、ため息交じりの笑い声が上がった。やはり音の迷宮から出られなくなってしまった。

　宮田店長に「お昼でもゆっくり召し上がって出直されては」と勧められ、素直に従うことにした。

　夕方近く、O型とA型を一台ずつ選び出し、二十三日のB型中古販売会第三弾で登場する一台を見るまでキープしてもらえることになった。


　一年あまりに及んだピアノ探しの旅も大詰め。

　ここまで何十台のピアノと出会って来ただろう。それが新品二台、まだ見ぬ中古一台にまで絞られた。

廉は、店内に居並ぶスタインウェイ群を眺めながらカタルシスに浸っていた。

その時だった。宮田店長が上気した顔でバックヤードから戻ってきた。

「平林さん、二十三日に出品するB型中古がたった今届きました。これも何かのご縁です。特別にお見せしたいと思います」

大理石が似合う展示エリアの隅っこのドアを開け、コンクリート打ちっ放しのやや窮屈な部屋に二人は通された。

工具類が四方の壁に掛かっていて、中央にB型グランドピアノが圧倒的な大きさで構えていた。

勧められるままに和枝が試弾を始めたが、宮田店長が慌てて手を振った。

「平林さん、すみません！　整調、整音が思った以上にできていませんでした。この続きはどうか二十三日にお願いします」

これを聞いた和枝は冷静に頷いていた。宮田店長は、精度の低い音を聞かせたことでこのピアノの印象が下がってしまっては元も子もないと思ったのだろう。

一方、廉の方は大満足だった。音の仕上がりはともかく、美しい姿を見ることができたのだから。

店の階段を上がり地上に出ると、銀座の風が海の方角から流れていた。

「さっきのピアノ、出航を前に専用ドックで調整を待つ船みたいだったね」

廉が呟くと、和枝は微笑んだ。

「廉はほんとロマンチストだね」


二十三日のB型中古販売日は快晴だった。

一番目の交渉権を確実に得るため、廉は築地のプレッソイン東銀座に前泊していた。夜勤明けに藤沢から出てくるのでは後悔する結果になりそうな予感がしたからだ。案の定、仕事から解放されたのは午前一時半だったので、宿を取って正解だった。熟睡こそできなかったが、心は躍る。

七時十分にホテルを出た。朝の散歩を楽しみながら向かう心積もりだったが、ふと不安になり、目の前のタクシーを拾って、日比谷のタイ国際航空前まで行ってもらう。

呉羽楽器商会に続く階段を下りる。人っ子一人いなかった。時計の針は七時三十分。

「今からどれだけ待つんだよ。俺の心配性は病気レベルだな」

廉は苦笑しながらも、内心ホッとしていた。

吹き抜けの地下一階、大理石の壁面には呉羽楽器が扱っているスタインウェイ社とハープのライオン&ヒーリー社の電飾看板が並ぶ。さすがに鋭い寒さが足元から這い上がってくるが、天井から覗いている都心の早朝の青空が嬉しかった。

店のシャッターの前、五メートルほどのスペースを行きつ戻りつしながら体温を保ち、待つこと一時間半。九時ちょうどにシャッターが開き、一番目の椅子を確保。

廉は自分にできる最大の役目を果たすことができた。二番目の客は九時ちょうどに現れていた。

ガラス張りの店内では宮田店長が、こちらに背を向け仕上げの整音作業をしていた。びっくりするほど綺麗な音。早速和枝に「期待していて」とメール。和枝からは「出発遅れた。ごめん!　必死に向かってます」と返信。

十一時の開店と同時に真っ直ぐピアノの前に案内され、宮田店長が説明を始めたところへ和枝と遥が到着。そして息を切らせながらも音を確かめ始めた。

その日、和枝のスタインウェイはこのB型中古か、二十日に選んでキープしてもらっている新品のO型のいずれかに絞られた。さらにスーパーバイザー役をお願いする調律師の伊東さんとの日程調整で二十六日まで最終決定を待ってもらうことにした。

もう一台の候補だったA型は、タッチが重いのと、よくよく考えて、肝心の音がO型ほどは好きになれないという理由で和枝が外した。

廉は音色の豊かさ、高音の響き具合、姿の美しさを含めた自分なりの好みから中古のB型に決まればいいなと希望的観測をしている。でも和枝は新品O型の音に強く惹かれている。

プロと素人、弾き手とリスナーの立ち位置の違いから来るものなのか。廉は曲の輪郭から辿って音の良し悪しを探っているが、和枝は弾きながら、一旦、音の深淵に潜り込んで、音と対話してから好悪を判断しているように見える。

だから和枝の「このO型の音、大好きよ」という感想は、揺るぎない価値観なのだと思う。ここまで来たらもう和枝の領域で、自分の心と話し合って決めてもらうしかない。

廉はB型の可能性について感じるままを和枝に話したが、その感想が最終的にO型に決める判断材料になっても構わないという思いだった。

この日、和枝と廉はとてもいい時間を過ごした。将来、きっとこの時の高揚した幸せな気分を幾度となく思い出すことだろうと廉は思った。

約束の二十六日は打って変わり大雨になった。

一九八八年ハンブルク工場製Bモデル－211製造番号504304、和枝と遥のスタインウェイが決まる。

最終選定には再び姉の美月も駆けつけてくれ、調律師の伊東さんもたくさん意見や感想を述べてくれた。

開店から一時間後の正午過ぎ、中古のB型でドビュッシー「沈める寺」を弾いていた和枝が手を止めて立ち上がり、「これに決めさせていただきます」と言った。

価格は運送と室内設置料込みで切りよく六五〇万円。和枝のレッスン室は二階なのでクレーンでの吊り上げも必要となるが、その料金もサービスということにしてくれた。

廉が「感謝！　感謝」と内心喜んでいると、調律師の伊東さんが「宮田さん、あのピアノ椅子も付けてよ」と、和枝が腰掛けているスタイリッシュな椅子を指さした。

それはイタリアのランザーニ社製でマウリツィオ・ポリーニが愛用しているもの。黒の本革に赤い糸のステッチが二本走っているおしゃれな椅子だった。

これには宮田店長も「それはさすがに無理です」と首を縦には振らなかった。和枝も「家の椅子に慣れていますから、もう十分です。伊東さん、ありがとうございます」。

これで売買契約は終わり、午後一時過ぎには美月も帰っていった。

和枝と廉は、初めて二人で行ったイタリア料理店で昼食にした。

和枝は自分で下した決断には責任を持つタイプだが、なぜこのピアノに決まったのか、その理由が自分でも見つからないという不思議な感覚に捕らわれていた。

納品は年明け一月十日と決まる。

今回のピアノは三回の中古販売会の中でも一番状態が良かったのではないだろうか。手当ても全弦交換とハンマーの調整くらいで済んだ。ワシントン条約により流通が規制されている象牙の鍵盤もそのまま。肝心のハンマーはひと昔前の標準仕様で、丁寧な細工が施されていて、それだけでもとびきりの付加価値がある、と調律師の伊東さんも絶賛していた。


翌朝は二人とも思いっきり朝寝坊した。階下で遥が口笛を吹きながら何やら活動を始めている音に、廉だけが目を開いた。

隣のベッドの和枝の寝顔を見ながら思った。

ピアノをたった一台に絞る以上、すべてに満足のいく答えを見つけることは難しい。唯一無二の楽器と巡り合えればいいが、やはり人生一般と照らし合わせてみても、そういう状況に恵まれることは考えにくい。

和枝がB型に決めたのは「将来性」に賭けたのが理由。

音について言えば、今の時点のO型が和枝にとっての「比類なき音」だったのは間違いないが、これからの長い音楽人生のパートナー選びという価値観を物差しに決断した。

例のホロヴィッツ愛用のピアノで演奏会を開いたアレクサンダー・コブリンがこう言った。「海のように広くて深い可能性があるが、長く弾いていかないと長所を引き出せないと思う」。和枝にとって今回選んだB型はそういう存在なのかもしれない。

和枝は昨日、最終決断をする直前に、呉羽楽器の宮田店長に意味深長な質問を投げかけていた。

「聞いていいのかな。前の持ち主さん、こんなにステキな、まだまだこれからっていう楽器を何で売っちゃったんですか」

これから持ち主になろうという人間ならきっと抱く、至極もっともな疑問。「このピアノに暗い過去があったら嫌だ」という率直な気持ち。宮田さん、答えられないかもしれない、と廉が思った瞬間、「あ〜、前の持ち主さんですか。この方、もっともっと音を鳴らしたいとおっしゃって一七〇〇万円のフルコンサートグランドに買い替えられたんですよ。お部屋をぶち抜き工事で広げましてね」。宮田さんはそう即答し、ほくそ笑んだ。

けた違いの弾き手の存在を知って、モヤッとした不安は吹き飛んでしまった。


廉にしては早起きし、レッスン室で二台のピアノの置き位置を和枝と相談していた。年が明け一月十日の朝のこと。

十二畳のレッスン室に、以前、新高島ピアノサロンの成田社長からいただいたスタインウェイピアノのモデル別の実物大型紙を広げて、ああでもない、こうでもないとベストポジションを探す。

約束の十時を二十分回ったところで、車体とクレーン部に「STEINWAY & SONS」のロゴが入ったトラックが、角を曲がって緩やかに向かってくるのが二階ベランダから見えた。電車で来た宮田店長もほぼ同時に到着した。

早速ベランダの防音用二重窓が取り外され、ピアノがクレーンに吊り上げられ部屋に入ってくる。和枝は公道を挟んで向かいの駐車場からこの作業をカメラに収めている。

位置決めは、和枝の考えを聞きながら宮田店長が采配を振るい、てきぱきと、しかも丁寧に進められ、和枝の納得が得られるまで試行錯誤をさせてくれた。

最終的に宮田店長のアイデアで、二台とも部屋の壁に対して平行ではなく、少し角度をつけたサロン風なおしゃれな配置に落ち着く。もちろん動かすたびに和枝が音を鳴らして響きを確認しながらの作業だった。

和枝は、これから遥と音を紡いでいくスタインウェイピアノを、自分のレッスン室で、今度は「試弾」ではなく自分の楽器として弾く。

緊張しながらも、時折はち切れんばかりの笑顔で「いい音！」と呟く。

部屋に馴染むのには少し時間を要する、と説明があったが、廉の耳に今届いているのは紛れもなく「比類なき音」だった。

ハ短調に

戻れない道

二〇一五年五月のある朝。夜勤明けの廉は薄ぼんやり目を開けた。眠りが足りていないことに軽く失望しつつ隣のベッドに目を向けると、和枝が横になったまま廉を見ていた。

「おはよ、もう起きてたの？　いま何時？　遥は？」

「九時半回ったとこよ。遥、きょう学校休みでしょう。お昼過ぎから愛絵ちゃんと静那ちゃんが家に来て6手連弾の合わせをやるんだって」

「えーと、カルメンだっけ」

「そう」

いつもと変わることのない朝が始まりかけたとき、和枝が口早に何かを言った、廉の目を真っ直ぐ見て。

口は動いているのに声がすぐに伝わって来ないような妙な錯覚を覚えた。

「私、肺がんかもしれないって」

自分の言葉に戸惑いながらも口元はかすかに笑っていた。

その日一日を、会社でどう乗り切ったのか。それについての記憶は全くない。

廉はとにかく、深夜、宅送りのハイヤーに乗っていた。

首都高速に入ると、車はちょうど羽田空港に向かう東京モノレールとぴったり隣り合って走り始めた。天王洲アイル駅を過ぎる辺りからは互いの間隔はさらに縮まって、まばらに座る乗客の表情までもはっきり見えるようになる。

「和枝、和枝、和枝」心が叫んでいた。

やがてハイヤーは緩やかな右カーブに導かれていき、モノレールは方角違いの空港ターミナルへと流れていく。廉は遠ざかる赤いテールランプを見送った。

「明日からどうすれば」

廉は車内灯を点け、出がけに和枝から預かったCT画像のコピーに目を落とした。


思い返せば桜の散る頃から和枝の体に異変の兆しはあった。

最初は声が出づらくなった。和枝にとっては声も大切な商売道具だ。

「ピアノを弾くこと即ち歌うこと」なので、小さな子どものレッスンでは歌にも時間を割く。伴奏を付けながらお手本を示し、さらに一緒に声を出す。のど飴が手放せず、キッチンにもピアノの上にもいつも缶が乗っていた。

今回の声枯れはストレスが原因だろうと和枝自身は考えていた。風邪でも花粉症でもなく、体調も少しも悪くないので。まあいつものことかな、と。

四月中旬頃から咳と痰が酷くなり始めた。

夜中に隣のベッドの廉まで目を覚ますほど激しく咳き込むこともしばしばだった。

街の漢方薬局で、ドロリとした真っ黒い咳止め薬を処方してもらったりもしたが効果は芳しくない。声枯れも良くなる気配がなく、そのうち咳をすると背中の左側面に痛みが走るようになった。

この時点で呼吸器内科を受診していたら、あるいは良い方向に舵を切れたのかもしれない。

でも二人でいろいろ情報を集め、喉の病気に明るいと評判の新百合ヶ丘の耳鼻咽喉科を選んでいた。

喉の緊張を緩める薬を処方され一カ月様子を見たが、状態に変化が見られないため、そこで初めて呼吸器内科の医院を訪れた。そしてCT画像を見た医師から肺がんの疑いを指摘されたのだった。

早速、がん拠点病院である市民病院での検査に移った。二週間後、呼吸器内科の担当医師に呼ばれ、気管支ファイバースコープ、脳のＭＲＩ、ＰＥＴ検査の結果を受けた所見説明を聞かされた。

「左胸に八センチ大の腫瘤があります。良性か悪性か今は分かりません。ただ、ぴったり心臓の隣にいるんです。これでは経過観察というわけにはいかなくて、すぐに手術で摘出する必要があります。手術となれば、心臓外科の助けも必要になりますし、Ｋ大学循環器呼吸病センターなどへの転院をお勧めします」

続けて医師からは、「ただ、脳や他の臓器への転移は今のところ見られません。仮に腫瘤ががんだったとしても、大きさが問題というよりも転移の有無が重要になってきます」とも言ってもらえた。

グレーゾーンには違いないが光明は見えた。

和枝はＫ大学病院への転院を決め、市民病院から紹介状を、先方の呼吸器外科と呼吸器内科宛に書いてもらった。

翌日、大きな宅配便が届く。

和枝は四十九歳の誕生日を間近に控えていて、遥と廉が一カ月半も前からサプライズプレゼントを準備していた。もちろんその時点では廉も和枝の病気を予想だにできなかった。

「ママのピアノ教室には看板がない」と遥が言い出し、「じゃあそれを誕生日プレゼントにしよう」ということになり、遥がデザインするステンドグラスの看板を作ってもらうことにした。

遥は中学一年生になっていた。

画用紙に、まず真上から見下ろしたピアノの輪郭を描く。そしてその中にト音記号、八分音符、鍵盤を収め、最後に「CANTABILE（歌うように）」のアルファベットをうまく重ね合わせデザイン画は完成した。

製作はインターネットで探した千葉の工房に依頼し、遥の絵の中で、ステンドグラスに加工しにくい箇所を少しだけ修整してから作業に入っていた。

「ママ、開けてみて！　ちょっと早く着いちゃったけど誕生日プレゼント」

遥が急かす。

病状が深刻なことも、入院することも彼女にはまだ話していなかった。

早く見たくてうずうずしている遥の顔を慈しむように見ながら、和枝が包みを開けていく。

作品は遥の絵が忠実に再現されていた。八色の透明のガラスと乳白色の曇りガラスがリズム良く配置され、音楽が聞こえてきそうだ。

ピアノ型の鋳物の縁にはフックが二カ所付き、チェーンの下がったアイアンアームも一緒に梱包されていて、すぐにでも玄関の外壁に吊るすことができる状態になっていた。

ピアノ教室の看板。和枝にとって皮肉なサプライズとなってしまった。

「こんな状況じゃなければどんなに舞い上がって喜ぶことができただろう。今すぐこれを青空にかざして『遥ありがとう！』って言えたらどんなに幸せだったろう」

和枝はそう思うと涙がとめどなくあふれてきたが、ステンドグラスを抱きしめたまま幾度も幾度も笑顔をつくろうとしていた。

市民病院の紹介状を持って訪れたK大病院は広大な敷地に建つゴージャスな空間だった。

大理石張りの床に、吹き抜けのエントランス、スケルトンのエレベーター。本館の広い通路には「あじさい通り」「ひまわりロード」と名前まで付いている。

「ショッピングモールみたいね。こりゃあ病室から診察や治療に行くのに歩かされるわ。元気じゃないと入院できない病院、だね」

そう言って和枝が笑った。

この日早速行われたカンファレンスでは、「すぐに手術はせず、腫瘤を放射線で小さくしてから切る」という治療方針が打ち出された。


夜が明けきらない薄闇のなか、すぐそばで和枝の声を聞いた。

細く開けた窓からそよ風が入っていた。

「ピアノ弾けなくなっちゃうのかな。ちっちゃい曲しか弾けなくなっちゃうのかな。でも私、ちっちゃい曲好きだからそれでいいもん」

「寝言？　夢を見ているのかな」と廉は思ったが、Tシャツを通して胸の辺りに熱い涙が沁みてきた。

和枝は夢を見ているのではなかった。廉の胸に顔を埋めて独り言を言っているのだった。

手術後の生活の変化はどれほど深刻なものなのか想像がつかない。常時鼻から酸素を送るため、小型ボンベのキャスターを引っ張って歩くことになるかもしれない、とも言われていた。

その日会社に向かう途中、乗り換えの品川駅コンコースには笹飾りがいくつも並んでいた。子どもたちが将来の夢や希望を書いた短冊が鈴なりだ。

ふと和枝の声が聞きたくなり電話する廉。

「きょう、七夕なんだね」

そう口にした途端、ぼろぼろ涙がこぼれ、笹飾りの鉢の脇にへたり込んでしまった。

そのさらに二週間後、入院前の最終検査があり、和枝の担当となった呼吸器外科の鳥海医師から「心電図にわずかな不安要素はありますが、すぐに手術を決行することになりました。ただきょう、念のため追加した胸水の検査で疑問符が付いたら手術はできません」と説明があった。

その夜、三人の夕食を、廉が買ってきた弁当で済ませ、早めにベッドに入ろうとしていると、鳥海医師から電話が入った。

廉が取ると、低い声で「胸水にがん細胞が見つかりました。残念ですが手術はキャンセルしました」と告げられた。

こんな夜に、まさかの急転回。「手術」という最大の選択肢が一本の電話で遠のいてしまった。

でもこれで終わりではなかった。

「奥さんは今、お近くに？」

「いえ、二階で床に就いたところですが」

一瞬だが、ひんやりした沈黙が流れた。

「そうですか。では端的に申し上げます。余命はあまり長くはないかと」

凍り付いた。すべてが。

「そうですか、失礼します」

廉は、やっとそれだけ言った。

受話器を両手で戻すと、わなわな震えていた。

カンファレンスの結果を少しでも早く知らせようとスマホを手に取ったのだろう。でも聞かされた患者家族にとって、第一撃から立ち直れないうちに振り下ろされた第二のハンマーはあまりにも残酷で無慈悲だった。

夜、静寂を破って鳴る電話ほど怖いものはない。

二階の寝室を覗くと、和枝はもうすやすや眠っていた。

「治療に過度な期待はしないでほしい」。そう言いたかったのか。ともかく現実を、医師として迅速に伝える義務を感じたのだろう。

でも、こうしてもたらされた情報は、これから治療を受ける上で何の役にも立たない。厄介な病気に罹り、「ステージⅣ」と宣告され、二人とも意気消沈している。それでも、たった今この時点で「死」を考えることなどあり得ない。

患者の心に忍び寄る恐怖を追い払い、「希望を持って」と励ますのも、医師の役目の一つなのではないだろうか。廉は和枝のベッドの脇に立ち尽くしていた。

この電話の後半のやり取りを、廉が和枝に話すことはついぞなかった。

心臓外科と共同で行う腫瘤摘出手術の線が消えたため、鳥海医師には、家から近い市民病院に戻ることを勧められた。抗がん剤治療となれば、がん診療連携拠点病院であればどこでもやれることは同じというわけだ。

一理はあるが、転院してきた時点で和枝と廉はK大病院で治療をお願いしようと決めていた。

鳥海医師の外来最終日に呼吸器内科の高井潔医師を紹介された。

三十代後半だろうか、和枝に明るく笑いかけ、聞き上手でもあるのだろう、不安材料を次々吐き出させていた。二人のやり取りを見ていて、この先生にならお任せできると廉は直感した。


わざわざ遠く離れた方の病院を選んだ二人の決断を聞きながら、遥はいらいらしていた。

「市民病院なら車で五分、十分でしょう、どうしてそういう話になるの？」

そう詰問され和枝が答えた。

「ねえ遥、ママの病気、がんなの」

遥は「ええっ！」と叫び、一瞬顔が真っ赤になった。

でもそれ以上取り乱すことはなく、さっきからやっていたレゴブロックのタイヤを嵌めていく作業をやめようとしなかった。

「一体何の話をしているか分かってるのか。そんなアホな遊びをしながら聞ける話じゃない」。廉は突然頭に血が上った。「ママの一大事なんだぞ」

「ちゃんと聞いてるよ。それにアホな遊びじゃないし」

「口答えするな。何も分かってないくせに」

「何も教えてくれなかったじゃん、こんな大事なこと」

「……」

廉は二人をリビングに残し、玄関から飛び出していた。

「奈落だ、奈落。もう奈落だ」

当てもなく、夜道をただただ歩いた。等間隔に立つ街路灯が、通り過ぎるとき淡く冷たい影を地面につくった。

少し頭を冷やしてから廉が家に戻ると、和枝が遥に静かに話をしていた。

「遠くの病院になってしまってホントごめん。お見舞いだって来るだけで大変だし悪いなあと思っているよ。でもね、ママはどうしても治したいんだ、遥のためにも。K大病院はがん治療の実績がたくさんあってね。それに看護とか病院の設備も充実しているの。一日でも早く戻って来たいからここを選んだんだ。ただね、確かに遠過ぎるよね。ママ、遥に辛い思いをさせるのだけが悲しい」

母親にしか出せない溶けるような優しい声音に、遥も「うん、うん」と耳を傾けていた。

和枝にはもうひとつ、入院の前にやらなければならないことがあった。ピアノの生徒さんを手放すのだ。治療が長期にわたるかもしれないのでやむを得なかった。

「毎週通ってきてくれて、みんなここまで弾けるようになったんだよ」

廉にぶつけるしかない心の叫びだった。

未就学児から八十歳まで十五人。

身を切られる思いだったろう。生徒さんやその親御さんもどんな気持ちで和枝の決断を受け止めたことだろう。

八十歳の女性は「和枝先生のお宅まで、歩いて行き帰りできるかどうかが私の健康の物差しです」と言いつつ、毎週、杖をつきながら善行駅からの坂を上り下りしていた。

今後もピアノを続けたいという生徒さんがほとんどで、和枝自身が次の先生を紹介し、きちんと申し送りをしていた。

お別れのレッスンは三日間に及んだ。

最終日は、四国に接近した台風の余波で荒れ模様の天気になった。

いつもだったら和枝が玄関ドアを開けると「ヤッホー」「先生、いまアイス食べながら来たの」「お暑うございます」と生徒、親御さんそれぞれの挨拶に始まり、がやがや談笑しながら二階のレッスン室に入っていくのだが、この日は来る人来る人、皆やや緊張した面持ちで無言のまま階段を上がっていった。

最後はショパンのワルツに取り組んでいた小学四年の女の子だった。音が鳴りやみ、女の子は母親と階段を下りてきた。和枝と玄関でしんみり別れの挨拶を交わし、目を泣きはらした二人が、うつむいて私道を歩いていくのが見えた。

がっくり肩を落とし和枝がリビングに入ってきた。

「今のは夏帆ちゃんだよね。いくつの時から教えていたんだっけ」

廉が聞いた。

「年少さんからよ。そうねえ、小さい子のレッスンは特に楽しかったな。『♪シラシミレーミー　シラシミレーミー　ラソファ(♯)ミファ(♯)ーレーシーミー』なんて一緒に歌いながら弾くこと、もうしばらくないのね」

遥については、親子の間のレッスンがだんだん難しくなり、小学四年の時から、和枝の音大の先輩に当たる白銀彩先生に教えていただいていたので、ピアノに関しては状況が変わることはなかった。

重たい質問

七月二十四日、和枝がK大学病院に入院する。

フローリングの床にシャンプー、リンス、石鹸のボトルがまとめて置かれ、新しい歯磨きセットは半透明のケースに朝の陽を吸い込んでいた。あとは浴用タオルが三枚にバスタオル二枚、肌着、靴下、替えのスウェット、ドライヤー。

さっきからダイニングテーブルに頬杖をついたまま、廉は床に広がるそれらを、ただぼんやり見ていた。支度が進んでいく光景に刻一刻ダメージを深めていき、眼球を動かす気力さえ失われていた。

和枝は長い脚でひょいと品々をひと跨ぎし、廉の左肩に手を添え、支えにしながらタオルの前にきちんと座り直す。そして廉の顔をちらっと見てから、丁寧にたたみ始めた。

和枝の表情や身のこなしには病気を感じさせる不穏な陰は微塵も見えず、それが却って廉の顔を曇らせた。

「心配するなよ」。和枝が少しむっとしながらもおどけた調子で長い静寂を破った。

和枝の膝の前の品々にはすべて「ひらばやし　かずえ」とマジックで書かれていた。

「私の貴重品、廉のバッグに預けま～す」

和枝からK大病院の診察券と入院のしおりが手渡された。

「これを家族旅行の朝の準備と思って乗り切ろう」という、先刻からの廉のむなしいあがきもここでぷっつり断ち切られた。


病院へは二人のドライブとなった。

遥は幼なじみで中学同窓の愛絵ちゃん、静那ちゃんと、気晴らしにテラスモール湘南のシネコンに出かけるというので、それを見送ってから家を出た。遥は「ママ、じゃあまたね」と笑顔だったが、「ママ」と「入院」を結びつけ、現実として受け入れることがどうしてもうまく出来ないでいた。

この時は、和枝が好きな「ゆず」のCDをかけなかったので、エアコンの送風音だけが車内を満たす。新湘南バイパスはスムーズに流れ、雲一つない碧空には蒼い富士山がくっきり浮かんでいた。

「何もかも順調に運ばなくたっていい。急ぎたくもないんだから」

言わなくてもいい廉の呟きを、和枝のため息が飲み込む。

圏央道・茅ケ崎中央ＩＣのＥＴＣゲートが跳ね上がった瞬間、何かのスタートを暗示されたみたいに感じた廉は、いちいちうるさい自分の感情のざわつきに、とことんうんざりしていた。

左車線で八十キロをキープしながら、入院する日というのはこんな感じだったと、廉は自分の少年時代を思い出していた。

小学校に上がった年の夏。じっとしていても汗ばむ夕方、まだ日のあるうちに早々と風呂に入れられ、糊の効いた浴衣に着替えさせられた。

自宅の居間にはいつの間にか親戚一同が集まっていて、皆揃って最上級の笑顔で廉を迎えた。

姫路城、ドイツ軍の戦車、ウルトラ怪獣のプラモデルと絵本をもらい「廉、がんばれよ」「すぐ退院できる。ちょっとの辛抱だよ」と励まされ、正直悪い気はしなかった。母親の涙は気になったが「少しの間なら何とか辛抱できる。楽しみでないこともない」とちょっと強がってもいた。

翌朝早く越後線・寺尾駅から、いつも通学で乗るのとは反対側のホームからディーゼル列車に乗って新潟駅まで行き、お昼前には小児療育センターの玄関にタクシーで乗り付けていた。

そうなのだ。入院の日はやけにすたすたと事が運んでしまうものなのだ。心のざわつきに大きな蓋を被せたまま。

左半身、特に脚部に麻痺が見られる廉。

小児療育施設への入院は、原因の究明はもちろん、これから本格的な成長期を迎える彼の運動能力を伸ばすのが大きな目的だった。

さらに小学校入学後、すぐに入院を余儀なくされた廉を預ける両親にとっては、院内に学習施設の受け皿があるというのが何よりの安心材料だった。

初めての診察でベッドに横になった小さな廉に、主治医の佐藤先生は「かけっこ速いか」とまず尋ね「いいや」と答えが返ってくると「そりゃ悔しいよな。よし、速く走れるようになろう」。そして「けんかは強いか」「全然ダメ」「そっかー。じゃあ強くしてやるぞ」と、おまじないを掛けるようにゆったり語りかけ、頭を撫でた。

圏央道を相模原愛川ICで降り、カーブの多い旧道を十五分ほど走ると、K大病院に着いた。

十三時半と、混雑のピークは過ぎているのではと予想していたが、第一駐車場の空きは屋上階に数台分を残すのみとなっていた。

廉は大きく伸びをして胸いっぱい空気を吸い込み、空が広いと思った。

希望していた無料ベッドは空き待ちの状態で、和枝は差額五四〇〇円の有料床四人部屋に入った。

一号館五階南棟というところで、窓際の和枝のベッドからは小田急線・相模大野駅方面がすっきりと見渡せた。

病棟付きの若い研修医が現れ、治療開始の挨拶があり、早速、静脈、動脈双方からの血液検査、心電図検査と続いた。主治医の高井潔先生はまだ姿が見えなかった。

検査の合い間に和枝は、二十四時間分の尿を貯めて腎臓の機能を調べる検査の説明を看護師から受けた。抗がん剤治療は肝臓と腎臓の対応力が重要で、今回の検査は腎臓の排毒能力を見るためのものだった。

和枝は不明な点は些細なことでもすぐに質問し、淡々と検査に応じている。廉は病院スタッフの懇切な応対と、何より和枝自身のしっかりした動きに「これは必ずうまくいく」と感じていた。

病室に戻った和枝が、朝、遥から渡された紙袋をベッドの上で開けた。尻尾に「K」のイニシャルが付いた折り鶴、布や毛糸で手作りしたお人形、遥が幼い頃から夜は肌身離さず抱いていた安眠グッズ。そして「ママ、ファイト！」と書かれた手紙が出てきた。和枝は手紙の文字を追い、その安眠グッズであるくしゃくしゃの毛布カバーの切れ端を抱きしめながら、振り絞るように泣いた。

夕方、和枝と廉は本館一階の喫茶室に寄った。一杯のコーヒーとオレンジケーキを二人で分け合った。

「じゃ、よろしくお願いします、廉」

「和枝に負けないように、遥と暮らしていかないと」

「そうよー、ちゃんと暮らすのよ」。和枝の笑顔が眩しかった。

病院からの帰路は圏央道、下道とも大渋滞に引っかかり、通常四十五分のところをたっぷり二時間かかった。家では和枝の姉の真咲と、その娘で大学生の綾が掃除やキッチンの片付けまでやってくれ、遥と一緒に晩ご飯も済ませてくれていた。

気が付くと和枝からメールが入っていた。

「きょうはありがとう。あのあと高井先生が来て、今日の検査はすべて結果良好ですって。じゃあ店じまいします。おやすみね～」


廉は翌日から特別に休暇をもらうことになっていた。

一週間前、平林家に持ち上がった一連の出来事を、廉が所属長の時村編集長に報告したところ、「仕事のことはおいおい考えましょう。とにかくすぐに全力で奥さんのサポートに入ってください」と即答されたのだった。

管理職としてはどこまで許可を出せるか、部内の要員状況を勘案する時間が必要なはずだ。でも時村さんはとにかく即答してくれた。しかも真っ先に妻の病状を案じて。廉には、人の言葉としてそのありがたさが心に沁みた。


廉は階下の気配で目が覚めた。キッチンの換気扇が回っている。そして忙しく冷蔵庫を開け閉めする音。

目覚まし時計を引き寄せると七時半を指していた。リビングに下りると、テーブルには白い皿にハムとバナナが用意されていた。皿には、和枝から留守番を託された遥の小さな決意みたいなものも一緒に載っている気がした。

「『そら』の散歩は俺が行こうか」

「もう行ったよ」

「そら」は平林家で飼っている五歳のシーズー犬。近くのペットショップで遥が選んだ子で、東日本大震災発生の二週間前から家に来ていた。遥にべったりで毎晩寝るときも一緒だ。


入院直前、和枝が何より心を砕いたのは、廉と遥の二人三脚生活をどうするかという問題だった。遥にがんを打ち明けた夜、和枝はいくつか方針を決め、紙に書き出していた。

朝は朝食の用意からゴミ出しまで、昼も夜も仕事の分担と量を曜日ごとに決める。

遥はピアノのほかにバレエとアトリエの習い事があるので、それらをこなせる前提で家事を受け持つ。そして夕食づくりまでは到底手が回らないので、当面は配食サービスを利用するのがベターと結論づけた。

やがて廉が仕事に復帰したら二人で出来る家事は今の三割くらいに減る。その穴を埋めるため、和枝は、社会福祉士である姉の真咲と相談し、藤沢市が運営するグループホームに週二回家事代行をお願いする手はずを整えてくれていた。

和枝が入院して二日目に、グループホームの担当者が契約と仕事のデモンストレーションのために家にやってきた。

その直前、廉が麦茶を出す準備をしていた時のこと。遥が急に「お茶うけは？」と聞いてきた。

「それは無くてもいいでしょう？」

ガラスのコップを拭きながら廉は軽く答えた。

「いいわけないじゃん」

「えっ、そうなの？」

遥は高い棚に手を伸ばし菓子器を出してきた。紙ナプキンもシンクの下の引き出しから持ってきて菓子器に敷くと、おかきを並べだした。

さらに「お手ふきは？　お父さん」

「要らないでしょ」

「もう、要るに決まってるじゃん。何人来るの？」

「えー、二人かな、たぶん」

またどこからかお手ふきタオルを二枚調達してきて、水ですすいで軽く絞る。

本当に怒っているわけではなく、自分はもう一人前だと廉に見せたい気持ちがそうさせていたのだと思う。口調や所作のひとつひとつが、あまりにも和枝そっくりで、廉はその働きぶりにしばし目を奪われる。

「ママをちゃんと見ていたんだね。見習ったのはピアノだけじゃなかったんだ」。そう思いながら手を貸そうとすると、「もう終わったから」と、ぷいっと自分の部屋に引っ込んでしまった。


入院から三日目の初めての日曜日、廉は遥を連れて面会に行った。遥にとっては初めての病院だった。

和枝は、本館正面玄関のガラス扉の奥から二人を見ていた。外来が休みでがらんとしているエントランスを、遥はママに向かって走り出していた。

無言で抱きしめられると遥は面映ゆい素振りを見せたが、その瞬間から帰るまでの間、和枝に磁石みたいにピタリと張り付いていた。

ママには会いたいが、「面会」という特殊な再会の仕方に違和感を抱いていた遥。それでも実際に足を踏み入れてみて、あまり病院臭さを感じないこの空間に次第に馴染んでいった。

和枝に館内散歩に誘われ、二人で一階の喫茶室に入りケーキを楽しんだ。そして和枝と廉が面談室に呼ばれている間は、病棟の患者・家族専用のラウンジや、和枝の匂いのするベッドの中で恩田陸の『夜のピクニック』に夢中になっていた。

その日、高井先生から病状のおさらいを含め治療方針の説明があった。ホワイトボードとパソコンを使い、たっぷり一時間半かかった。

《和枝のケースは、肺扁平上皮がんで、がん性胸膜炎を起こしていることからステージⅣと認定される。治療法として殺細胞性抗がん剤シスプラチンとゲムシタビンを投与し、がん細胞を縮小させる方向をめざす。治療期間は第一クール＝七月二十九日シスプラチンとゲムシタビン投与、八月五日ゲムシタビン投与、八月十二～十四日をめどに一時退院、八月二十四日再入院、というのがワンセットで、これを四クール繰り返すので、トータル約四カ月かかる計算となる》

要約するとこういう内容だった。

考えられる副反応については、詳細が記されたプリントを手渡された上で説明があった。まず吐き気や嘔吐。これには制吐剤が有効。それから下痢や便秘、点滴による食欲不振と血管炎、脱毛、肝臓腎臓機能低下、肺炎、骨髄抑制（白血球、赤血球、血小板の低下）、耳鳴り、聴力低下――。気の遠くなりそうな術語の羅列だった。そして患者が意識すべきこととして、肝腎を守るために経口補水液などの水分を一日二リットルは摂取し、肺炎、風邪に罹らないよう手洗いうがいを徹底するよう言われた。

和枝は、長い時間をかけ詳しく説明してくれた先生に、感謝の気持ちを笑顔で表した。

そして二つ、大きな質問をした。

「私は末期がんなのでしょうか」

「『ステージⅣ』イコール『末期がん』ではありませんよ。ステージとはあくまで治療方針を確立するための線引きです。末期というのは、がんによって生活の大部分を寝たきりで過ごさなければならなくなった状態のことなのです」

「先生、私はこんなに元気なのに、なぜ敢えて具合の悪くなる治療を受けなくてはならないのですか」

「平林さん、あなたは元気です。そう、元気だからこそこの治療が受けられるのです。あくまでこれは治すための化学治療。体力的に抗がん剤治療も点滴も無理という患者さんもいるんですよ」

治療方針の補足として、最近ニュースにもよく取り上げられている分子標的薬が効くEGFR遺伝子変異が、仮に和枝の体に認められたとしても、その薬は和枝の罹った種類のがんではなく、「肺腺がん」に効果が認められているものであるため、今のところ処方は考えていないとも言われた。

この時点では和枝の遺伝子検査の結果は出ていなかったのである。

巨大な三角

和枝の抗がん剤治療がいよいよ始まった。

七月二十九日の朝、廉が洗濯物をベランダに干していると、「点滴の針を付けスタンバイOKです」と和枝のメールが来た。十時ちょうどだった。

十一時半「いま開始です。ベテラン看護師さんも来て、副作用はそれほど怖がることはない、と言ってもらえたよ」。

次は十三時過ぎ「一種類目の抗がん剤投与が終わり、水分補給や利尿剤と続いています。お昼ごはんにはスイカも出て、おいしくいただいたよ。今のところあまりの自覚症状の無さにびっくりです」。

そして十六時「二種類目も終わり、後は水分補給やら何やらで二時間くらいこのままらしい。今は、昼寝をしすぎた後みたいな怠さを感じてる。でも元気！」。

このメールにはしばらくして追伸が来た。

「ベテラン看護師さんに『体の中で薬ががんと闘っているから、これからの時間、平林さんが何もしていなくても疲れが感じられるかもしれません。そんな風にイメージしてください』と言われ、妙に納得しました」

翌朝早く、遥が「ママからメール」と言って廉の寝室に入ってきた。液晶画面にはひと言「空腹という副反応が出た」。二人で大笑いした。ホッとした。

しかし後で看護師に確認すると、アレルギー予防にステロイド系の薬を使っているため「覚醒する」「妙に元気になる」「空腹を感じる」などの症状が現れるそうだ。確かにゆうべは眠りが浅かったとも言っていた。

ただ、今現在は少し便秘気味なのを除けば、ほぼ普段通りの健康状態と和枝自身は感じていた。

抗がん剤投与から六日目の八月三日、和枝が初めて体調の悪さを口にした。

最初はメールや電話への反応がいつもよりちょっと鈍いかな、くらいに感じていたが、昼から夕方にかけて、酔い止め薬が効いた時のようなふわふわした喋り方に変わってきた。そして夜七時半に廉がかけた電話に、泣きそうな声で「気持ち悪いの」とこぼした。

ここ数日は便秘と、一進一退の怠さくらいが目立った副反応だったが、少し遅れて吐き気が出てきたということか。

和枝は電話には出てくれるが「調子が変なの」と泣くばかり。

抗がん剤の二回目の投与を翌日に控えているので、廉が病院に出向き、医師に直接状況を聞くことにした。

高井先生が夏休み中で代行の先生から説明を受けた。

和枝の体は薬が効き始め、今は猛烈な怠さに支配されているという。それは、ものを食べようと思っても体を起こす気力すら湧かないほどの、かつて経験したことのない怠さなのだそうだ。

抗がん剤の副反応のほかにナトリウム不足も一因とのことで、ナトリウムの点滴も受けていた。

ベッドの端に座った廉が和枝の頭を撫でていると、表情に柔らかさと生気がよみがえってくるのが分かった。

そのうち上体も起こせるようになり、廉が洗濯して持ってきた衣類をクローゼットにしまっていると、和枝も普通に立ち上がり、廉に手渡し始めた。

「ここでは、みんなに守られているから大丈夫。廉は心配だからって、いちいち車を飛ばして来なくてていいんだよ。あなたの方が心配よ」

翌日、予定通りゲムシタビンの二回目の投与が行われた。

副反応だけ見れば、この二回目の投与の後には特段厳しい状況は訪れなかった。そうしてみると、一番最初のプラチナ製剤のシスプラチンがきつかったのか。

がん細胞をアタックする力が強い分、正常な細胞のダメージも大きくなるということか。

昼ごはんを作りながら、洗濯をしながら、廉は和枝の体に起こっていることを考え続けた。そして和枝の電話の声の調子を確かめながら一喜一憂していた。

代行の先生の見立てによれば、肺の病巣は「少なくとも入院時より大きくなってはいない」そうだ。

和枝からメール。「どこまで祈り続けることができるか——。そんな人生になるんだなぁ。その入り口に立ったんだなぁと思います。まだ甘いかもしれないけど、廉と遥のお蔭で、きっと祈り続けることができそうな気がするよ」


その夜、廉との口喧嘩がもとになり、大泣きした遥が和枝にまで電話でかみついた。「最近テレビがつけっぱなしになっている」という些細なことから、今後留守番が多くなる遥を廉が注意した。「こんなんじゃ勉強できないだろ」と。和枝も電話で廉に加勢した。遥は「ママはちっとも遥と話す時間を取ってくれないじゃない。テレビだって見てるわけじゃないよ。ただ寂しいから音を出してるんだ」と泣きじゃくった。でも二分、三分と和枝と話すうち、あやされる子どものようにゆっくり笑顔が戻ってきて、冗談も出るようになる。

ママと話し、携帯を耳に当てたまま、だんだん眠たそうになっていく遥。

しばらく後でかけ直した廉が「哺乳瓶を片手に、指しゃぶりしながら眠りに落ちていく、小さい頃の遥の姿と重なったよ」と言うと、和枝も言った。

「さっきの電話、ホントに泣けたわ」

骨髄抑制の血小板の減少ピークがなかなか底を打たないため、当初八月十二日を予定していた退院日が十五日にずれ込んだ。無理して退院を急いで、重い症状が出たのでは和枝自身がかわいそう。

「第一クールで躓かせるわけにはいかない」という高井先生の慎重さを廉はありがたく受け止めた。


一クール目の退院予定日の翌日に当たっていた八月十三日、時村編集長に申し出ていた通り、廉は仕事に復帰した。

和枝が病院に足止めされているため、遥には急きょ、生まれて初めての夜の留守番をお願いすることになった。

ほぼ三週間ぶりの出社。こんなに休んだのは入社以来もちろん初めてで、職場のある本館六階でエレベーターが停まり、ドアが開く瞬間は妙に緊張した。

出勤時間にはまだ早く人もまばらな広い編集フロアを、真っ直ぐ時村編集長の席に向かった。

「やあ、お待ちしていました」。目の前の席を勧めてくれた編集長に、廉は立ったまま、まず今回の配慮にあふれた対応への心からのお礼を述べた。

治療が順調に進んでいることを話すと、「それは本当に何よりです。平林さんの付き添い効果もあるのでしょう」と労ってくれた。

その後、一番肝心な件を切りだそうとした時だ。時村さんは「ちょっとコーヒーでも飲みませんか、平林さん」と、やんわり押し戻し、二階の談話室に廉を誘った。


ミロのヴィーナスのレプリカ像が立つラウンジで革張りのソファに落ち着くと、時村さんがコーヒーを注文する声に被るくらいの勢いで廉の方から話し始めていた。

「私をデスクから降ろしてもらえませんか。病院通いと家事を繰り返しているうちに、もうデスクとしての職責を果たすことは無理だと分かりました」

「そうですか。承知しました」。その腹積もりがあったのだろう、時村さんは意外なくらいすんなり請け合った。

それから次の言葉を慎重に探している。

「デスクを降りられても、平林さんが積み上げてきたものは変わらずに残ります。五十五歳という年齢のこともありますし、ご希望通り『兵隊』に戻っていただきますが、今までの視点はそのままに、引き続きよろしくお願いします」

「ありがとうございます。ただ妻の看護態勢はしばらく変わることがないので、たとえ一編集記者に戻っても、今まで以上にご迷惑をかけることになるかもしれません」

「これは運命の巡り合わせとしか言いようがありません。いま置かれた状況で出来ることに、お互いがベストを尽くせば車輪は回り続けますって」

時村さんのひと言に、靡は霧の先が、ふっと見通せたような気がした。

「そうですね、そう考えるようにします。これからも引き続きよろしくお願いします」

やっとひと口、コーヒーを飲み、時村さんは話を続けた。

「ところで平林さん、講演をやってみませんか」

「はい？」

「あ、実はですね、カルチャーセンターからウチの部に依頼がありまして、女性対象の講座なんです。聴講者は二十人から三十人くらい。講演というよりは教室という感じで……」

「ちょ、ちょっと待ってください。その講師を私に、という話ですか？」

「そうです。平林さんにお願いしようと思ったのは、ひとつには場所が茅ケ崎の昭和公民館という平林さんのお住まいの近くだったからです。そして何よりも、復帰されるとはいえ平林さんは大変な状況が続く。それを即、深夜勤務のニュースの現場に戻ってもらうのはどうかと思いまして。講師を引き受けていただけたら昼の時間帯のプロジェクト勤務を十日間付けさせて頂きます。その間に資料集めやネタ作りをやっていただく。いかがでしょうか」

「講演の内容はどんなものに？」

「そうでした。まずそれですよね。新聞について学ぶ講座なんです。三回シリーズとなっていまして、第一回は新聞の総論的な話です。取材や編集はもちろん、印刷から宅配システムまでトリビア満載の話を。そう例えばですね、新聞社の高速輪転機は時速何キロで回転して印刷するかとか、そんな話を横浜総局のデスクがやります。第三回は調査報道の現状というテーマで女性記者が。そして平林さんにお願いするのは第二回、お題は『新聞の作り方』です。平林さんは百貨店の宣伝部門からウチに転職されて、その後は新聞編集一筋でやってこられた。そこで見てきたもの、挑戦してきたものをそのまま語っていただけたらいいのではと思います」

廉はその話をありがたく引き受けることにした。講演は八月二十五日。時間は九十分。カルチャーセンター側からの注文は一つだけ。講師から一方的に話すだけではなく、「受講者参加型」の要素を織り交ぜてほしいというものだった。


深夜、宅送りのハイヤーで、留守番をしてくれている遥のことを思った。そこに和枝の顔も並んだ。

「俺の会社と藤沢の家とK大病院の三つの場所は、地図上では一辺が四〇〜五〇キロの大きな三角形をつくっている。うちら家族はそんな距離を強い力で結んでいるのだ」

そう思いついてほんわかした気分になったり、相変わらず呑気な奴だなと呆れたりしているうちに家にたどり着く。午前一時を回っていた。

玄関を開けると、トイレ、浴室、二階のウォークインクローゼットまで、家中の明かりという明かりが残らず点いていた。遥は「暑い、暑い」と言いながら眠りも浅い。やっぱり心細かったのだ。

汗にぬれた後ろ頭を拭いてあげて、アイス枕を差し入れた。

和枝、初めての退院。

朝から頭痛がすると言い、病院を出るときから助手席のシートを倒して寝ていたが、家の近所のスーパー前で信号待ちになった時、すっと目を覚ました。

おもむろに窓を開けて、自転車のかごに買い物袋を入れている人や、エスカレーターで店内に入っていく人の流れを眺めている。やがて青信号で廉が車を出すと、和枝は窓を閉め、声もなくひとしきり泣いた。

和枝が帰った日から、家全体が息を吹き返した。

生活も、ところどころ出かかっていた錆が綺麗さっぱり姿を消した。

和枝はやみくもに家事をするようなことはなく、動きたい気分の時を狙ってちょっとだけ負荷を掛けて雑事をこなしていった。

一番の懸案は遥と廉の夕食だった。

コンビニ店が毎朝宅配してくれる弁当だが、これを二週目くらいから遥が全く受け付けなくなっていた。

最初は結構喜んで食べてくれたのだが、今では蓋を開けたときの、ごはんとおかずの混じった匂いを嗅いだだけで食欲が失せると言う。

遥は、このところ毎晩、即席のチキンラーメンに卵を一つ落とし、後はキュウリとトマトのサラダで済ませている。

和枝は夕方、遥と一緒に近所のお弁当屋「チロル」に行き、メンチカツ弁当を頼んだ。ここは注文を受けてから目の前で揚げてくれる昔から馴染みの店だった。

遥は大満足で「うんめー」を連発した。これだって同じ弁当なのに、と和枝は思ったが、「手作り感」のあるなしの違いが大きいとは分かっていた。

和枝は姉の真咲とも相談して、家事代行を頼んでいるグループホームに、週二回の夕食づくりも追加発注した。

一回のサービスでおよそ三食分を作ってくれるので、これで夜に留守番をする遥の夕食は確保できるめどが立った。

廉は、引き受けた講演の準備に追われていた。

プロジェクト勤務の間、新聞製作に関する資料を探したり、原稿を書いたり、ほとんどの時間を本館七階にあるデータベースセクションの閲覧室で過ごした。

日が落ちてからが忙しくなる朝刊編集に長年携わり、「夜勤」が体に染みついている廉にとって、朝から夕方までの慣れない勤務時間ではあったが、「昼働くのも悪くないな」と感じていた。

これなら和枝との時間もぐっと増やせるし、今後のことを考え、昼勤務の職場も社内でちょっと探してみようかなと思ったりもした。

講演で話したい素材は出揃い、原稿も一週間ほどで何とか形になった。ただ、「この分量で本当に九十分繋ぐことができるのだろうか」。

そう思ったちょうどそのタイミングだった。

「私がバーチャル聴講者になってあげようか」

和枝が申し出てくれたのだ。


実際にやってみるとボロボロだった。

原稿は頭に入っていたので、廉はメモを一切見ずに喋っているのだが、それにもかかわらず、和枝からすると文章をほぼ棒読みしているように聞こえた。

そこからの「書き言葉の世界」を「話し言葉の世界」に変換させる作業は甘くはなかった。

「面白いエピソードがいっぱいあるのに……。もったいないよ、その話し方じゃ。内容はいいんだけど原稿そのものが硬いのね。それを『そのまんま暗記してお伝えしてます』っていう感じがありありなのよ」

「じゃあ、どうすりゃいいんだよ」

「ほらすぐに怒らない。新聞講座を受けたいっていう人たちだから、町内会報とか地域の情報誌とかを実際に作っていて、新聞に詳しい人が多いかもしれないよね。だけど私みたいに予備知識の無い人だって半分くらいはいるわよ、きっと。そしたらどちらのタイプの人たちにも関心を持ってもらえるように話さなくちゃ。『きょうの回はハズレだったね』って彼女たちが帰るようなことになったら、廉がかわいそうだもん」

そんな風になだめながら、廉の語りの難解さや不自然さを、ワンセンテンスずつほぐしていった。

遥のピアノの師である白銀彩先生からベルギーのチョコレートメーカーのアイスセットが届いた。

箱を開けた和枝が突然泣き崩れた。「平林先生へ　応援団より」という手紙がアイスの上に載っていたのだった。

先生同士でつくる連弾研究会のメンバーからのメッセージを、白銀先生が寄せ書きのレターにしてくれていた。和枝も名を連ねる会だった。

「アイスクリーム」。何と幸せな響きだろう。

和枝の病が分かってからは口にしていなかった。コンビニにでも立ち寄ればいつだって買える身近な幸せ。でも目に留まらなくなった。食べたいという感覚も抜け落ちていた。

きっかけは何でもいい。この非常事態の中でも以前の生活感の片鱗を取り戻すことができる、すがれるような解決策がほしい。そんなものはあるわけがないが、そう思い続けて廉は日々を過ごしている。

でも和枝はこのごろよく言う。

「なるようにしかならないんだよ。なるようにしかね」

決して悲観しているのではない。和枝はとにかくしっかり生きているのだ。

和枝、二クール目の治療に向け八月二十四日に再入院した。

液晶の「幸せ」

翌朝、廉は茅ケ崎の昭和公民館の教壇に立っていた。

この日の講演に関しては、ファッションまで和枝がコーディネートしてくれていた。

「びしっとしたスーツ姿じゃ堅苦しいでしょ」と。

チノパンにサマーセーター、ワーカージャケットを羽織った講師に、三十人の聴講生の眼差しは優しかった。

「新聞記事の原稿は取材記者の手元を離れると、真っ先に私たち編集記者に届きます。そしてニュースの重大性や面白さを読み解き、見出しを考え、専用の大型モニター上でレイアウトして、ひとつの紙面に仕上げていくのが新聞編集の仕事です。きょうは編集の屋台骨とも言える、この見出しとレイアウトについて、現場からの報告の形でお話ししたいと思います」

聴講生にはあらかじめ参考資料を載せたペーパーを配っておいてもらい、視覚的にも楽しめる「レイアウトの仕方」の説明にはじっくり時間をかけた。

「ひとつの紙面には『上席』が三つあり、優先順位で『頭』『肩』『腹』と呼んでいます。新聞社の編集局が舞台のドラマなどで『おい、きょうの頭はこれで行くぞ！』といった台詞を聞かれたことはありませんか。『頭』というのは、そのページの一等地、つまり右上のスペースに置くネタのことを指しているのです」

欧米の新聞とのレイアウト比較もやってみた。

「欧米の新聞では、記事がひとつのページに収まりきらなくなると、文章の途中であっても、続きを別のページに飛ばします。『ジャンプ』と呼ばれる手法です。文章の区切りの良いところから、ではなく単語の途中であろうとお構いなしに別ページに送ってしまうのです。その点、日本の新聞は、複数ある記事を過不足なく確実に一ページに収めます。しかも編集記者の価値判断が見えるような美しい配列で」

日本の新聞の素晴らしさをアピールした。

続く「見出し」の説明は穴がないよう慎重に行った。新聞編集の肝だからだ。

「見出しは一口で言うと記事の要約です。と同時に読者にとって読みたい記事を探す手がかりも提供します。新人の頃、こう教わりました。『見出しは読ませてはいけない。見た瞬間に中身が理解できるほど簡潔でなければならない』また『見出しは恋人相手におしゃべりするように考えなさい』と。私たち編集記者は、記事をただまとめるという姿勢ではなく、どう料理しておいしく見せようかと常に考え続けています。平凡な記事でもひねりの利いた見出しで映えるというのはよくあることなのです」

そしてニュースに必須な5W1H、つまり「when・where・who・what・why・how」をどう見出しに盛り込むかとか、言葉の省略はどのように行うかなどを実際の紙面を見せながら説明していった。

「要約しすぎて漢字ばかりになってしまった、たとえば『脱税指南　役員告発』みたいなものは、戒名が書かれた位牌そっくりなので『お位牌見出し』と呼びます。また記事に書かれていない内容を盛り込んでしまったものは、実体を伴わないという意味から『幽霊見出し』と呼んでいます」

こういったエピソードは聴講者の受けが良く、廉は、事前練習に付き合ってくれた和枝の言う通りだったたと感心した。

要望のあった「参加型」は、全員に一本の交通事故の記事を読んで見出しを付けてもらうことを試みた。六字×二行と制限字数もとりわけ少なく、決まり事の多い新聞一段サイズの所謂「ベタ見出し」を課題にしたため、奇想天外な十二文字がたくさん返ってきた。丁寧に一枚一枚チェックしながら、廉は改めて見出しの難しさを思っていた。

教室の空気が温まってきたところで、廉は「名見出し」の話をした。「ここで編集記者の教科書とも言える、この『新編　新聞整理の研究』という本に載った、優れた見出しをご紹介したいと思います」

廉は一冊の本を聴講者の前に掲げた。

「まず新聞記事の本文から読みますね。ちょっと古いのですが一九八八年十月二十四日付の読売新聞朝刊社会面に載った、『闘病中の昭和天皇と十三夜』の記事です。原文はとても長いので私の方で少し端折らせていただいています。

≪ご容体が比較的安定している天皇陛下は23日夜、皇居吹上御所の寝室で十三夜の月見をお楽しみになった。午後9時20分過ぎ、皇居の森を照らしながら月が雲間から姿を現した。陛下のベッドからは、御所のひさしに遮られて直接ごらんになれないため、側近が寝室の明かりを消し、鏡に月を映してごらんに入れたという。側近によると、陛下はベッドの背もたれをやや起こした状態で、ご愛用の眼鏡をかけて月見を楽しまれ、『少し欠けているね』とおっしゃって、ご満足の様子。窓外の月明かりに照らし出された吹上御所の木立も、よくおわかりになったようだったという》

この記事に編集記者が付けた見出しとは……」

ここまで一息に喋った廉の頬を、不意にポロリと涙が伝った。

自分でもわけがわからなくなり、咄嗟に聴講生に背を向けると、そこにあったホワイトボードにその記事の見出しをゆっくり書き始めた。

家での予行演習では、ここはただ読むだけの予定だったが、こうして板書しながら気持ちを鎮めるよりほかなかった。

【ご病床　鏡に映す十三夜
　――「少し欠けてるね」と陛下　】

ボードに書き終え、息を整え、ゆっくり読み上げてから廉は振り返った。

「すみませんでした、花粉症でしょうか」。小声で言うと、最前列の女性が「花粉症って先生、いま八月ですよ」と、ポケットティッシュを手渡してくれた。

教室中が明るい笑いに包まれ、難を逃れた廉は話を続けた。

「この見出しは読者の反響も大きく、都内の医師からは『昭和史に残る名句』との投書まで寄せられたそうです。しかしこの見出しを書いた編集記者には俳句の心得は全くなく、『五七調にして俳句らしく整えただけ』というのが実態だったそうです。これを俳句と見るか新聞の見出しと見るかの議論は置いておいて、私などは、病床にあっても尽きぬ探究心というか、科学者でもあった昭和天皇の横顔までうまく写し取っているなと感じました。俳句と見出し、どちらも無駄な要素を削っていって言葉のパワーを高めるという点では、つくるプロセスに共通点はあるのかもしれませんね」

不覚の涙に襲われた理由は、さっき、この見出しを板書し始めたときに腑に落ちていた。記事を読み進めるうちに廉の想いは夜の病室に飛んでいたのだ。

大勢の前で話す緊張感も手伝ってか、ある映像がまぶたにくっきり浮かんだ。

皇居ではなくK大病院五階の病室だった。そこには窓際のベッドに腰かけて、相模原の澄んだ空に浮かぶ十三夜の月を眺める和枝がいた。

「講演、無事終わったよ。会いたいな、今すぐ会いに行きたいな」

公民館の玄関で廉はメールした。

スリッパを脱ぎ、靴に履き替えるのさえもどかしかった。


和枝は二クール目では、初回より苦しまずに治療を乗り切っていた。

一クール目と一緒で、体に起こる変化をリアルタイムで細大漏らさずメールしてくれた。

夜の九時半、レイアウト作業をしていた廉に、寝る前の和枝から届いた。

「廉と遥にたくさんのありがとうを言いたくて。幸せだなあとしみじみ思ったよ」

この三カ月、和枝と廉は奈落の底に何度も落ちた。目の前の風景も一変し、心も悲しみにじわじわ覆われていく。そうやって過ごしてきた。

それでも和枝はその先の未来をじっと見据えている。たとえ今はベッドの上にいても、廉や遥のために何をすべきかしっかり考えてくれている。和枝の精神は病を得る以前と何ひとつ変わっていないのだ。

メールの「幸せ」の二文字に、廉は新鮮な空気を届けてもらったように感じていた。

廉が午前一時半に帰宅すると、ポストには回覧と配布物が突っ込んであった。数年に一回巡ってくる町内会の組長を七月からやっていたのだ。

玄関を開けると全館明かりが煌々と。もうこれは仕方のないこと。遥が少しでも安心して眠ることができるのなら、ぜひそうしてほしいと思っている。

リビングとキッチンはきょうも戦場、凄まじい。

床も、テーブルの上も、シンクも、レンジ周りも、どうにも手の付けようのない散らかりよう。

「今夜はここから片付けるか」

廉は取りあえずシンクの前に立つことは立った。

とはいえ明日の朝になれば回覧板をセットし、配布物を持ってブロック内の各戸を回らなくてはならない。「そら」の散歩に、洗濯も待っている。そして出社だ。担当している県で市長選の投開票があるから明日は大忙しだ。

しかし大変なのは自分だけではない。「遥もとても苦しんでいる」と思った。

遥が使った器を見れば一目瞭然だった。廉が作っておいた味噌汁には手も付けず、チキンラーメンと冷凍ごはんをチンして夕食を済ませたようだ。

水道の水を細く流しながらも、廉はちっとも手が動かず、またしても真夜中の時間が過ぎていくのを呆然とそのまま見送っていた。

ハプニングはその朝に起きた。遥が、家の階段で足を踏み外したのだ。

同級生で親友の静那ちゃんから「北海道のおばあちゃんが送ってくれたトウモロコシを、今から届けるよ」とメールが届き、舞い上がって二階から跳んで下りて来るところだった。

何とか体勢を立て直し転倒はしなかったが、右足の先を強打した。

腫れが酷いように見える。廉は取り急ぎ、子ども同士が仲が良く、ご近所付き合いが長い中本幸代さんに電話をした。こういったケースに的確にアドバイスをくれる頼れるお母さんだった。

日曜日だったので、中本さんはすぐに休日当番医を調べ、自分の車で湘南台の整形外科医院まで遥を連れて行ってくれた。

右足親指の付け根の骨にV字形のひびが入っていた。

全治三週間とのことで、ギプスが装着された。

消毒や添え木の固定し直しなどで何度か通院することになりそうだったところを、中本さんが機転を利かせて自宅に近い整形外科への紹介状を書いてもらうよう段取りしてくれた。

そして廉が預けた治療代の不足分を立て替えてくれたうえに、遥と昼食まで共にしてくれた。

廉が出社したあと、今度は姉の真咲が靴の量販店に遥を連れて行き、怪我をしていても履けるサンダルに似た外履きを買ってくれ、遥の従姉の綾も合流して夕食をご馳走になった。

お向かいの林さんもこの騒ぎを聞きつけて、遥の足の怪我が治るまで、夕方の「そら」の散歩を買って出てくれた。

温かい救いの手が次から次へとわが家に差し伸べられている。その計り知れないパワーを、会社にいながらも廉は感じていた。

そしてこれら朝からの一連の出来事は、真咲から和枝の耳にもちゃんと伝わっていた。

三クール目の入院の日、和枝は血液、心電図、ＣＴ検査を済ませ病室に戻ってきた。浮かない顔をして。

ベッドに横になって待っていた廉を、肘でぐいぐい押して隣に寝転び、「ねえ、いい話と悪い話どっちから聞きたい？」と、わざといたずらっぽく言った。

「悪い話かどうかは実際聞いてみなきゃ分かんないよ。でもいい話は後に取っておきたいかな」

「やっぱりそうだよね。じゃあ行くよ、悪い話から。高井先生から明日大事なお話があるって。だから連日の来院になって申し訳ないけど、廉にも同席してほしいんだって」

「分かった。明日も来るよ、もちろん」

「高井先生ったら『ちゃんとお会いしたうえで話したい』って、中身は教えてもらえなかったのよ」

「先生らしいじゃない。怖がらなくていい話だと思うよ、きっと」

「うん。取りあえず目の前のことをひとつずつやっていくわ、私。たくさん迷惑かけちゃうけど、でも付き合って！」

「当ったり前じゃん！　そしたら和枝ちゃん、いい方の話って何」

廉は笑顔を向けてそう返事しながらも、高井先生の思わせぶりなひと言に動揺している自分が憎かった。

「美月ちゃんがヤマハのキーボードをプレゼントしてくれるんだよ」

目が生き生きと輝く和枝の笑顔はまるで天使だ、と思った。

和枝は病棟の南端の談話コーナーで椅子に腰かけ、テーブルを鍵盤代わりによく指ならしをしていた。

それを見ていた姉の美月は「キーボードが使えたらもっと中身の濃い時間が過ごせるはず」と思いついた。

和枝から話を聞いた後、廉がすぐ病院側に使用許可と練習場所を貸してほしい旨を申し出たが、前例がないという理由ですんなり許可が下りない。キーボードはヘッドホンと繋ぐため外に音が漏れ出す心配はないと説明し、重ねてお願いをすると、和枝が六階病棟に移ると同時に使用許可が下りた。

和枝は夕食後の一時間ほど、六畳くらいの多目的ルームを練習に使わせてもらうことになった。

そして退院して自分のピアノに触るまでの間、「音のある」指ならしの時間を持てたことは、和枝にとってとても大きい収穫だった。

高井先生との面談は翌日、夕方五時半からの遅いスタートとなった。

「会議が長引いちゃいました。申し訳ありません」と、ミーティングルームに入ってきた高井先生は面やつれして珍しく滑舌も悪かった。

最初から眠そうだった研修医の橋田先生に至っては途中から舟を漕ぐありさま。

それを見ても廉には怒りの感情など全く起きず、「医師も相当の激務なんだろうな」と、ちらっと思った。

「平林さん、二クール続けての治療お疲れさまでした。初めての抗がん剤は本当にきつかったと思います」

高井先生の表情は冴えない。何が飛び出すのだろうと廉は気が気ではない。

「早速本題ですが……」と高井先生はそこからノンストップで語り切った。

「シスプラチンとゲムシタビンを使った二クールの治療ですが、残念ながら効果が認められませんでした。レントゲンの結果では、原発巣に縮小の兆しもあるかなと見ていたのですが、CTで確認するとその逆で、治療前の一・二倍の大きさに増大していました。効果が得られない以上、体にとっては毒でしかありませんので、すぐに薬を替えます。新しい薬はネダプラチンとナブパクリタキセルといいますが、今までの治療はカウントせず、新しい二種でスタートする今回を一クール目として、三～四クール行うことをめざします。日程ですが、十月一日にネダプラチンとナブパクリタキセルの二種投与、八日にナブパクリタキセルのみ、さらに十五日にもう一度ナブパクリタキセルを投与してから一週間空けます。そして二十九日に二クール目がスタート、という運びになります。空き一週間のタイミングで帰宅してもらえるのですが、今までより家に居られる時間はかなり減ってしまいます」

和枝はじっと耳を傾けていた。今この密閉された空間で鼓膜を震わせ届くのは、高井先生の息が詰まりそうな言葉だけだった。

「今回使おうとしている薬はどちらもポピュラーなものです。ですが肺扁平上皮がんの治療には、この二種のカップリングが非常に有効だとうちの大学では認識しているのです。和枝さんの治療にも当初からこの二種投与を考えていました。しかしこの治療の副反応に末梢神経障害が挙げられていて、ピアノの先生をされていることを考慮し、選択肢から外していました」

手のしびれなどでピアノ演奏に支障が出ることに配慮してくれていたのだ。

新しい薬の副反応項目は、前回とほぼ一緒だった。ただ「経験したことのない辛さ」と和枝が表現した吐き気や倦怠感などの度合いは、少し下がるかもしれないとのことだった。

「あんなに苦しんだのに」と和枝は挫折をかみしめていた。それでも先生の話の終わる頃には、体の隅々に生気がみなぎってくるのを感じた。

「高井先生、とにかく何としてもがんを治したいんです。子どもと夫のためにも」

廉は真っ赤になった目をシャツの袖でごしごし擦った。高井先生も眼鏡を外すと、目頭をハンカチで押さえていた。

この日はもうひとつ、少し溜まってきた胸水を抜く処置があった。病室のベッドに座り、一五〇㏄を抜いた。すぐ検査に回され、がん細胞が見つかった場合、国立Gセンターに送られることになった。

現在、ＥＧＦＲ遺伝子変異など稀な遺伝子変異による肺扁平上皮がんの研究が国立Gセンターで進んでいる。

和枝の遺伝子はＥＧＦＲ遺伝子とは無関係であることがすでに判明しているが、彼女が非喫煙者にもかかわらずこの種のがんを患った因果関係は研究の対象になり得るとして、和枝の細胞を送ることになったのだ。

検査・研究の結果はＫ大医学部にフィードバックされ、和枝と廉にも報告されることになった。

涙を超えて

新しい一クール目の投薬が十月十五日に滞りなく終わり、一時帰宅のタイミングを待つばかりとなったが、白血球の値がいつになく低く、許可が下りなかった。新しい治療は確かに入院期間が長く感じられた。

前回までと比較すると体調もかなり良かったので、和枝は、頭では分かっていても、帰宅許可が下りないことへの苛立ちを隠しきれなかった。

家で待つ遥も「弁当おいしくない」「ラーメンも食べられたもんじゃない」と、当たり散らし一日中不機嫌だった。

こういう何か空気がざわついた時にハプニングは起きてしまうものなのか。

夜のこと、たまにはしっかりした食事を、と廉がトンカツを揚げ、遥と食べた。その後久しぶりにサッカーゲームをやろうということになった。テレビゲームではない、懐かしの盤ゲームだ。

遥がブリキ板の選手を盤上に立て始めたところで、廉は「ちょっと待ってて。デザートにバナナジュース飲まない？」とキッチンに入った。

牛乳、バナナ、蜂蜜と適当に入れジューサーを回し始めたところ、下から牛乳が漏れているのが目に入った。

慌てた廉は何を勘違いしたか、回転している刃の部分に右手を入れてしまったのだ。

一目見て、あまりの傷の深さに気が動転した。

キッチンの異変に悲鳴を上げ尻込みしてしまった遥に、中本さん宅まで走ってもらった。抗生薬を持って飛んできてくれた中本さんにタクシーを呼んでもらい、廉は市民病院の救急外来に向かった。

人さし指の付け根を深く切っていた。刃物もジューサーのプロペラだったため傷口は複雑な形で、縫合に時間がかかった。結局八針縫い、破傷風の予防接種も受け、病院を出たのは午前一時四十五分だった。

遥は中本さん宅に預かってもらっていた。

最初は半泣き状態だったが、お風呂もお借りし落ち着きを取り戻したそうだ。和枝から二時にメールが入った。こんな時間まで心配して起きていた。

その翌日、和枝に急きょ帰宅許可が下りた。

廉が手の怪我の後処置で病院の外来が入ったのと、そもそも車のハンドルが握れなくなったため、タクシーで帰って来てもらうことにした。

K大病院の玄関前から乗ったのは個人タクシー。運転手さんは髪は真っ白いけれど歳は廉くらいかな、と和枝は思った。

「藤沢の善行までお願いしたいのですが」と言うと、彼は後ろを振り向き和枝の顔を見てから、「今の時間なら道は空いているから、圏央道からじゃなく下道から行きましょうか。高速代もったいないしね」と親切に提案してくれた。

タクシーなど滅多に乗ることのない和枝は不安がふっと和らいだ。運賃がどれくらいなのかも見当がつかないし、長距離を、見知らぬ運転手と二人の道行きになるのが何より気重だったのだ。

窓を二センチほど開け、すっかり秋めいた風が入ってくるのを心地良く感じていた。

座間、綾瀬と下道を安全運転で運んでもらいながら、和枝はいつの間にか自分の方から病気のことを話していた。

「どうしてこんなことになってしまったのか、自分でも気持ちの整理がまだ付いていないんですよ」。和枝がそう言った時だった。料金表示が七〇〇〇円台に入ったのとほぼ同時に、運転手さんがメーターを切ってしまったのだ。

慌てて外の景色を見回す和枝。

まだ湘南台のイトーヨーカドーの辺り。

善行までは電車でまだ二駅分はある。

「どうされたんですか。善行までお願いしたんですけど」

「大丈夫、分かってますよ。ちゃんとお宅までお送りしますから」

「でもどうしてメーターを？」

「いいんです。料金はもう十分いただいたので」

十五分後には家の前で降ろしてもらったが、料金は、とっくに止まっているメーターに表示された金額しか受け取らなかった。

和枝は家に駆け込み、「ちょっと出てきて」と大声で廉を呼んだ。

二人で通りに出た時には、タクシーはすでに五十メートル先のT字路を左に折れ、姿が見えなくなるところだった。


帰宅してからの和枝は一日、一日元気を増していった。咳や痰が酷くはなく体調もそこそこ安定していることもあるが、全身に良い気がみなぎっているのが側に居るだけで伝わってきた。

ネットスーパーで食材を注文したり、通信状態が悪くなった電話の子機の修理依頼をしたり、晩ご飯のメニューをあれこれ考えたり、気の付いたところからパッパッとこなしていく。

ピアノももちろん弾いた。本人としては何の気なしに弾く指ならしのスケールなのだろうが、スタインウェイの響きにわが家が息を吹き返した。

ただ、今回新しく投与された薬の副反応がはっきり出始めた。

そのひとつは脱毛。

和枝は帰った日からとても気にして、家の中で使い捨てのヘアキャップを被り始めた。そして呟く。

「廉、これは仕方のないことだよね。ごめんね、そう思ってくれる」

その言葉を聞いた翌日、廉は出社前に、ウイッグを選びに和枝と藤沢駅前の専門店に行った。姉の真咲にも来てもらった。

居心地の良い美容院みたいな店内に、形も色もさまざまなウイッグが並ぶ。

基本はナイロン八〇％＋人毛二〇％のものとナイロン四〇％＋人毛六〇％の二種類。

サンプル品を十種類ほど試着したが、やはりぴたっとくるものは見つかるものだ。色合いは和枝の髪よりやや淡いが、形は和枝そのものというものに出会った。和枝も洋服を選ぶように、何となく楽しみながら選んでいた。費用は二十三万円、三週間後受け取りの予約を入れた。

ウイッグのオーダーを「これも治療に伴う避けられないプロセス」という風に考えたら苦しくなるだけ。

とても似合っていたし、素敵なサンプルに出会ったときの和枝の笑顔は最高だった。

体力を保とうとK大構内を散歩するのと同じことで、今回のウイッグ選びも、和枝を元気にする大切なプロセスなのだと廉は思った。小さなことかもしれないが。

もうひとつの副反応はやはりしびれだった。高井先生も気遣ってくれていた厄介者だ。

和枝は入院後数カ月は治療の経過を日々ノートに記録していたが、ウイッグを買いに行った日の記述の末尾にはこうある。

《しびれあり。ピアノを弾くとき違和感》

しびれは全身に広がりつつあって、起きて活動しているときはさほど気にならないが、寝るとはっきり自覚症状が出てきて、眠っていられなくなるのだそうだ。


帰宅生活は瞬く間に過ぎた。

遥はママの指導により、溜まった通信教育の添削の返送にようやくめどが立ったし、練習中のシューベルト「即興曲第4番」、ショパンのエチュード「エオリアンハープ」にも目鼻が付いてきた。

廉は夜勤明けで「疲れた〜」を連発しているので、和枝に「じゃあ、私が頑張るしかない」という気持ちにさせている節はある。

でもそれは和枝の体にとって悪いことばかりではない。廉はこのごろそんな風にも感じていた。

「病気なんだからとにかく安静にしていて」ではダメなのだ。栄養をつけて、こまめに働き、よく考える。そんな和枝が頼もしく見える。

七月、八月、九月と、がんという病気の底知れぬ威圧感に、和枝も廉も確かに怖じ気づいていた。

治療しているはずの薬に、健康な細胞まで蝕まれていく現実に絶望したりもした。

でも今は少しずつではあるけれど、冷静に身の回りのことに目が向けられるようにもなってきた。そして少なくとも、今回の帰宅期間中に和枝と廉が、二人手を取り合って泣くようなことはなくなっていた。

不安や恐れる感情が鈍磨したわけではない。それはむしろ日々研ぎ澄まされてきている。

ただそれとは別に、家族三人で長く幸せに生きていく足がかりを、今回初めて実感できたのだった。

二クール目の治療の日々を和枝は淡々と過ごしていた。

仕事が休みの廉は、数時間前に届いたメールをまた読み返していた。

「治療するために生きているんじゃないよ。生き続けるために治療しているんだよ（笑）」

床に散らばったシャツやタオルを拾い上げ、浴室に持っていき、深夜にもかかわらず洗濯機の始動ボタンを押す。

リビングに戻ると、つけっぱなしのテレビには、インタビューを受ける歌舞伎役者の坂東玉三郎が映っていた。

「仕事を、人生をどんな風に捉えていますか」

「遠い先のことは考えない。明日だけを考えています。きょう明日を充実させることに尽きる。それが自分の人生を創っていってくれる」

翌日の土曜日、遥が廉に「英語教えて」と頼んできた。

中一では文法は習わないんだっけ？　と疑ってしまうほど、とにかく構文をまるで理解していなくて、教えようがなかった。

ところが十行くらいの問答形式の英文を見つけ、試しに訳させてみたら、これが面白いことになった。

「Your T-shirt is very nice.」には「ユーのTシャツ、めっちゃイケてるじゃん」、そして「Is your father a photograher?」には「おたくの父さん、写真家ってこと?」と、アジな訳文をつけてきた。

全く理解していないわけではなかったのだ。さらに廉の笑いを取ることも忘れていない遥の発想が愉快だった。「どうせやるなら楽しもう」というところは、和枝に似たのだろうなと思った。

和枝の体調が安定しているため、二クール目の三回目の投薬は初めて外来で行われた。和枝によると、薬液は大さじ一杯プラスαの量。これを四十分ほどかけて点滴でじっくり投与していくのだそうだ。

「薬の値段はね、保険適用で三~四万円だって。この一回で」

十一月二十一日の朝、ついに山が動き始めた。

電話が鳴り、廉が取ると高井先生で、急いでいるようだった。

「ご本人はいらっしゃいますか」

すぐ和枝に代わったが、「ありがとうございます」とか「え~! 入院長くなるんですか」とか、状況の見えない会話が続くので、廉は通話が終わるのをじりじり待った。話はこうだった。

「この前、私が受けたCT検査ね、あれで肺気胸が見つかったんだって。でもね、放射線科の先生と画像を確認したら、新しい薬での抗がん剤治療のお蔭か病巣が少しだけ小さくなっているらしいの。なので、劇的とまでは言えないにしても一定の効果があったと判断していいそうよ」

抗がん剤の効果が認められたのはこれが初めてで、喜ぶべき話ではある。

ただ、高井先生も気にしている肺気胸のことはやっぱり気掛かりで、手放しには喜べなかった。

和枝も「これこそ一喜一憂ね」と苦笑した。

三クール目を迎えた入院三日目の夜、和枝は、ふらりと病室に現れた高井先生をつかまえて「肺がんステージⅣの見通し」について質問攻めにした。

「結果は神のみぞ知る」

「一年無事に終えたら、また次の一年と続いていく治療生活」

先生はそう繰り返すしかなく、その答えからは重い現実しか返ってこなかった。

この病気に関しては「薬の効果があった」イコール「治療を終える」ということにはならない。体調が良く、家に居られる時間があったとしても、それは「寛解」ではなく、次の治療への「休養」ということなのだ。

枕元のスモールライトを点けて、和枝はノートに書き付けた。


《これだけ元気に過ごせるのは、一体いつまでだろう。

これからどれだけ遥の力になれるのだろうか。

あの子に何を残してやれるのだろうか。

廉は独りになっても元気にやってくれるだろうか。

仕事も続けてくれるだろうか。

遥にいつか子どもが産まれたとき、誰が助けてくれるのか。

足の悪い廉を誰が面倒見てあげるのだろうか。

「毎日を大切に生きることの積み重ねだよ」と言われるけど、私には先の生活の不安しか浮かばない》

十二月十一日、三クール目の点滴治療最終日、高井先生から今後の治療方針について二点説明があった。

十一月のCT画像でがん細胞が小さくなったことが確認でき、さらに以前はがん細胞に包まれる形で隠れていた気管支が少し見えるまでになっていた。ネダプラチン+ナブパクリタキセルの効果が着実に現れている証拠で、次回一月八日からの四クール目も同じ薬を処方することになった、という話。

もう一つは、以前から話題に上っていた国立Gセンターに送った和枝の細胞についての詳しい検査報告だった。「ちょっと専門的な話ですが」と、高井先生が前置きしたので、廉は理解できるかはともかくメモした。

《肺腺がんの場合、必ずEGFR遺伝子変異とEML4-ALK融合遺伝子を検索する。これらが陽性ならば分子標的薬という内服薬の抗がん剤を使うことが可能になるためだ。一方、和枝の肺扁平上皮がんでは特徴的な遺伝子がまだ解明されていない。ただごく少数だが、EGFR遺伝子変異とEML4-ALK融合遺伝子が陽性となる例が報告されている。和枝の場合、ほぼ百%喫煙者にしか起こらない扁平上皮がんになぜ彼女が罹ったのか、その理由が分からなかったので国立Gセンターで遺伝子検索を行った。その結果、EML4－ALK融合遺伝子が陽性という結果が出た。要するに今後、和枝の治療に分子標的薬であるザーコリ、アレセンサを使用できることになった。これは和枝にとって治療の選択肢が増えたわけだからプラスに考えても良い》

分子標的薬はがん細胞を狙ってアタックするので、正常細胞へのダメージが少ない。しかも内服薬で、外来で投薬できるので、ベッドに拘束される従来の抗がん剤治療とは大きくイメージが異なっていた。


四クール目の治療は昼の一時から始まり、夜八時半までかかる。

廉は会社から何度か電話を入れる。

「ま～た掛かってきた。どこにも行かないよ。ちゃんとベッドに繋がれているよ」

和枝が嬉しそうに笑う。

「その笑い声が聞けるなら何度でも掛けるさ」

この日、一月八日は和枝と廉の二十三回目の結婚記念日だった。

「これからずっと、よろしくね」。式を挙げた夜、和枝が自分自身の心にも響くように呟いた。

今度は和枝に贈ります、この言葉を。また来年も同じことを思って、この日を迎えるのだ、と廉は思った。

就寝前の和枝を高井先生が訪ねた。そんな時間に珍しいことだった。

先生は、今回の四クール目が終わったらしばらく休薬期間を取ろうと思う、と告げた。薬の効果と、しびれなどの副反応を天秤に掛けた結果、体の疲れの方を心配した方が良いという判断をしたそうだ。

「四クールと一口に言っても、その前の二カ月は別の投薬をやってきたでしょう。つまり実質半年、ノンストップで化学治療を続けてきたことになるんですよ。私はいつでも平林さんの体がベストの状態を保てるようにしたい。免疫力を上げることがとても重要なんだ。まず休養してからその先のことを考えていきましょう。やれる治療はまだたくさんあるので安心してください」

――昼寝をしている和枝のヘアキャップがずれて、耳が見えている。午後の陽に透かされて左耳は薄桃色に光っている。程よい大きさ、高性能の楽器みたいだ。神様は、いい音を聞き分けることができるように、こんな美しい耳を授けたのだろうな。いつまでこうして見ていても飽きないな。

結婚してからの日々を思いながら床に入った廉。そんな夢を見ていた。

ビロード触感

「休薬期間」は患者の側からすると微妙な代物だ。不可欠な時間であることはもちろん分かっているが。

K大病院に車を走らせながら廉はそのことを考えた。

――休養は先の治療のためにも必要だ。でもここで休んでしまったらがんが再び勢いを取り戻しはしないだろうか、ここまで耐えてきた治療の成果が水の泡になりはしないだろうか。とはいえ疲れ切った体は休ませなくてはいけない……。この考えは、どうしても堂々巡りになってしまう。

帰宅許可が出た和枝を迎えに来ていた。

朝の十時半、第一駐車場はがらんとしていた。帰宅手続きが済むと、和枝が「毎日の散歩コースを案内するよ」と廉を誘った。

入院からもう半年経ったが、廉は病院の外回りを歩くのは初めてだった。医薬系の単科大学にもかかわらずキャンパスは随分と開けていた。風は冷たく、点々と立つケヤキの梢の雪化粧が澄んだ青空によく映えた。

広く取った歩道の右手には講義棟が、左手には円いガラス天井の温室が見えてきた。

「あの奥に薬草の植物園があるのよ」

ゆっくり歩きながら、和枝が廉のコートの左ポケットに右手を滑り込ませてきた。

「さっきから思っていたんだけど、月寒にいるような感じがしない？」。廉がそう口にすると「する、する、月寒ねえ。懐かしいわぁ」。

「和枝は、社員寮の庭のナナカマドをよく写真に撮ってたよね」

「そう。この世で最高に綺麗なトリコロールが出来るんだもん」

一晩降り続いた雪がやみ、濃い青空が広がった早朝。空をバックに、粉雪をふわっと載っけた真っ赤で艶々のナナカマドにフォーカスしてシャッターを切ると、確かに「赤、白、青」の最高の一枚が撮れるのだった。

結婚して、藤沢にマイホームを建てた直後、廉の北海道支社異動が決まった。和枝も大勢の生徒さんを手放すわけにはいかず、廉の単身赴任となった。

会社からもらった案内書類に転居先が記されていたが、「札幌市豊平区月寒」の文字を見て「月寒って何だ？　極寒の地に送られるのか～！」と二人で大笑いした。

社員寮は札幌五輪の頃に建てられた市営団地で、会社が転勤者のために十戸ほどを借り上げていた。

周りには高層建築が少なく札幌市街が見渡せ、はるか向こうには藻岩山の優しい稜線を望むことができた。

冬には、夕方になるとその山麓がオレンジ色のナイター照明に彩られるのだった。

部屋は建てられた当初のままという風情で、ダイニングには家庭用とは思えない大きさの石油ストーブが置かれていた。

「ヒートマックス」と商品名が付いたその物体からは、にょきっとブリキ煙突が突き出し、それが部屋の中を巡り、外へと続いていた。給油管は玄関に設置された腰高くらいもある石油タンクに繋がれていた。

窓は昔からの標準仕様なのだろう、全室二重サッシになっている。

「これが北海道の暮らしなのだ。狭くて古いけれど結構じゃないか」。廉は下見に来てすぐに気に入ってしまった。

数年ここで暮らすなら、車は必需品と思われたので、札幌の美術館で学芸員をしている友人から古い４ＷＤを譲ってもらった。

和枝はちょくちょくやって来た。夏は長距離ドライブを重ね、帰任するまでの二年間に道内隅々を回った。

冬はそれこそスキー三昧で、ゲレンデに立つのは休日ばかりではなかった。

廉は夕刊当番の日には午後三時に会社を出ると即、スキーモードに入っていた。地下鉄で家に帰り、休む間もなく和枝と自分のスキー板を車に積み、四時にはさっぽろばんけいスキー場のナイターに出発していた。

冬の夜はストーブの火でポトフを作った。札幌の二条市場で買ってきたタラバガニの脚もストーブの天板に直にボンと並べ、焼いて食べたりした。

そうやってストーブで調理した湯気や煙が、また部屋の歴史を作っていくような感覚が心地良かった。

和枝のＫ大キャンパス散策道はバーベキュー場が折り返し地点になっていた。

復路では桜並木の土手も出てきた。

「花が咲くと、いい感じになるんだろうね」

廉の感想に、和枝は何も語らずただ微笑んだが、その横顔にはシリアスな空気を纏っていた。

和枝はここを毎日、どんな思いで歩いてきたのだろう。

それを言葉で聞こうとするのはおこがましいことだと廉は思った。

和枝にしかわからないことがあるのだ。

それでも、空気が旨く、歩いていて気持ちがすっきりする散歩コースだと感じると、廉はやっぱり嬉しかった。


廉の中でモヤモヤする休薬期間の件。前の晩電話で専門家から聞いた話を、病院からの帰り道、助手席の和枝にした。

専門家とは、和枝の音大同期、篠塚映見の夫だった。埼玉の総合病院に勤務する緩和ケア医療の医師で、廉も面識があった。そして急な電話での相談にもかかわらず快く話を聞いてくれた。

廉は、和枝の半年間の治療経過と、今現在まで気力も体力も十分であることを伝え、代替治療を選択した方が良いかどうかを尋ねた。

篠塚医師の考えは、今の和枝の健康状態なら代替治療を考えるより、病気のことは忘れてピアノなりやりたいことに心と体を使ってみてはどうか、というものだった。

「代替治療は人気も高いですが、はっきりしたエビデンスが示されているとは言いにくい。効果に関する明確な実証が伴えば標準治療となるわけで……。がんの治療として、本人の免疫力を高めることがいかに大切か、実践されることはあまりないけれど、実はものすごく重要なんです。やりたいことに全力で取り組む、体に良い物を食べる、いっぱい笑う、そういうことで本来の生命力を取り戻していく。休薬期間をそういうことに充てたらいいのではないでしょうか」

医師の話を廉が伝えている間、和枝はじっと耳を傾け何度も頷いていた。その後は長い沈黙に包まれていたが、家が近づくと、ポロリとこぼした。

「映見さんのご主人、そんな話をしてくれたんだ。『私自身の生命力を取り戻す時間』か。

同感よ。その言葉をもらっただけでも元気が湧いてくる。本当にありがたかったわ。でもね、そうやって過ごした休薬期間が終わって、また抗がん剤治療に入らなきゃならない日が来たら、また同じように立ち向かっていけるのかな、私」

それがありのままの和枝だった。

翌日の会社からの帰り、汐留から新橋駅に向かって歩くときも、東海道線終電の吊り革につかまっているときも、和枝の昨日の言葉が浮かんできては、廉の心を塞いだ。

それでも、家に着いたらこんなメモが待っていた。

「廉おつかれさま。いろんなものが美味しくできました。少しずつつまんでみて。残りは冷蔵庫にお願いします。明日は大洗濯で早起きよ。うひゃー！」

読んでポッと目の前が明るくなった。

その美味しいものをありがたくいただく。鯵の南蛮漬け、ホウレンソウのごま和え、ちりめんじゃこと九条ネギが入っただし巻き卵。

急に腹が空いてきて、ぽろぽろ涙をこぼしながら食べた。旨くて仕方なかった。風呂場の切れた電球も取り換えてくれていて、「パチン」と明るい灯が点った。こちらもありのままの和枝だった。

高井先生がK大病院を辞める。三月いっぱいで。

希望を持って毎日を進みたいと思っているだけなのに、どうしてこう度々ハードルが目の前に立ち塞がるのだろう。

和枝の点滴治療に二人揃って行った一月十五日、診察の際に先生本人から聞かされた。

新宿副都心の高層ビルの中のクリニックに移ることになったという。

理由は何度か聞いたが教えてはもらえなかった。

和枝は「私はついていってそこで治療を続けてもらいます」と大泣きした。

高井先生は和枝の昂ぶりが落ち着くのを待って、静かに言った。

「今度行くところは風邪の人を治すことくらいしかできないんですよ。平林さんは引き続きこの病院でしっかり診てもらってほしいです。後任の先生も私がちゃんと考えた上で決めますから」


和枝の気持ちがどうにも収まらなかったので、点滴治療が終わってから病棟まで行き、高井先生に取り次いでもらった。

鈍く光る廊下を、先生は神妙な顔をして歩いてきた。

和枝はこみ上げてくる感情をぐっと抑えた。

「疑問に誠心誠意答えてくれて、不安にはしっかり寄り添ってくれる先生じゃないと私は長くは生きられません。だから高井先生、居なくなられるのなら後任は是非、是非、先生以上の人をお願いします。たぶんそんな方はこの病院にいらっしゃらないとは思いますが」

言い切ってから少し微笑んだ。全幅の信頼とこれまでの感謝が込められていた。

善行も一面の銀世界となった寒い夜、夕食は鶏とカシューナッツの炒め物と大学イモ。和枝の手ほどきで遥が作った。

調理を進めながら、和枝は自身の将来のことを少しだけ詳しく遥に話した。かといって彼女を怖がらせたりする内容ではもちろんない。そしてこう言い添えた。

「遥は自分に与えられた時間を大切に生きていってね。ママもそうやっていくから」。それが遥に何より伝えたいことだった。

和枝は入院当初、高井先生に「私これからどうなっていくのでしょうか」と聞いた。先生は「一年、また一年を目標に生きる。そんな生き方になると思います」と微笑んだ。廉も一緒に聞いたその言葉。「健康な人間だってそういう思いで生きなさい」と言われているのだと感じていた。

休薬期間中をどう過ごすか。

やはり二人には何も医療行為を受けないという選択肢は考えられず、漢方療法の門を叩いてみようという方向に話は進んでいた。

和枝が書籍やネットから集めてくれた情報をよく吟味して、東京近郊のある医院に照準を定めた。

結論から言うと「酷い目に遭った」。ただ、選んだのは自分たちなので、相手を非難することはできない。

思い返せば、ただただ医院長の著書とネットによる宣伝力に飲み込まれたとしか言いようがなかった。

治療生活が始まって半年、和枝と廉は、初めて不可解な体験をすることになる。

やはり「不可解」というのは不適切な表現なのかもしれない。医療行為を行っているのは間違いないのだから。しかし廉も同席した、たかだか三十分の診察の光景は異様だった。

不穏な空気は、予約時から二人とも感じてはいた。

昼過ぎ廉が電話をすると、案の定「予約は六カ月待ちです」と、ピシャリと通告される。

そのひと言で諦めかけたら「肺がんの患者さんは優先することになっているので、一応予約の調整をしてみます」と救済策が出された。

二時間後には「何とか調整ができました。四日後の二月十三日に初診予約が取れますが」との朗報。そこですぐに予約をお願いし、電話を切ると、今度は医院からファクスが流れてきた。

そこには、かなり高めの初診料が提示され、さらに「医院長の出演番組は必ず見るように」とか「他の人の予約をずらして調整したのだからキャンセルは認められない。それでもキャンセルが発生した場合は、キャンセル料徴収のうえ、その後の診察は一切受け付けない」といった注意事項が書かれていた。

この時点で二人とも正直気がそがれたが、「案外すごい先生なのかもしれないね」と、怖いもの見たさもあって会いに行くことにした。

二月十三日、悪い方の予感が的中した。

待合室に通されるとソファの真正面に貼り紙があり、「当院を誹謗中傷する言動には訴訟をも辞さない」という内容の一文が印字されていた。

「これが患者への最初のメッセージなんだ。ここ病院だよね。俺たちやっぱり来るところを間違えたかな」

廉は和枝の耳元にささやいた。

院長による問診はあるにはあったが、それより、これがここの売りなのだろうと思われる意味不明の所作が二つ三つ続いた。

そしていきなり「がんに罹った理由」なるものを告げられたのだ。

絶句していると、その後は生活上の問題点を矢継ぎ早に指弾され、肺がんになったことを引け目に感じざるを得ない言葉まで浴びせられた。二人ともよほど辟易した顔をしていたのだろう、しまいには「患者として聞く態度がなっていない」と説教までされる始末。

肝心な漢方薬の方は、症状を診てから調合するわけではなく、事前に用意されていた包みを看護師が二人の目の前に差し出した。オーダーメイドとはほど遠い処方だった。

予告通り請求された十数万円を支払いながら、廉は苦々しく思った。

「この先生は、一体患者の何を見ているのだろう」

帰りの電車ではさすがに凹んだ。

レセプトを見ていた和枝が肩をすくめた。

「あの薬、八万円もするんだね。あのね、本当に、本当に申し訳ないと思うんだけど、あの薬だけは飲みたくない。だって怖いもん」

廉は大賛成だった。他の患者さんにとって、どうなのかは知らない。感謝の念をもって話を聞く人もきっといるのだろう。

だが和枝と廉には、医療とは別次元の出来事に遭遇したという思いしかなかった。

その晩、ウイッグを外した和枝が「ねえ、触ってみて」と丸い頭を差し出した。撫でる手のひらに産毛を触った感触があった。

「ね！　生えてきていると思わない？」

「うん、生えてる、生えてる」

「ビロードみたいな触り心地ね」と和枝は嬉しそう。

遥もやって来て「ママの頭、日の出みたい……」。遠慮がちに言ってから「しまった！」という顔をしている。

「ビロードも日の出も、ママがまた気持ちよく過ごせるようになる前触れかもね」と、慌てて付け足した。

とても辛く、疲れきった一日だったが、最後の最後に遥がうまいことを言ってくれた。

漢方による治療院はその後も諦めず探し、三軒目でようやく納得できる医者にたどり着いた。

池袋にある診療所まで行って、薬を調合してもらった日の帰り、藤沢の調理器具専門店に立ち寄って手頃なホーロー鍋を買った。

寝る前には、煎じ薬の穏やかな香りの湯気がキッチンを包み、「これはいい感じね」と和枝のホッとした顔をようやく見ることができた。

診察室の孤独

庭の梅が満開になった二月十八日、Ｋ大病院に二人で行った。高井先生に会うのも一カ月ぶりだった。

診察室で腰かけると、目の前に光るＣＴ画像を、高井先生がボールペンで指した。

「これが今撮ったCT画像です。左の十一月十九日のものと比べると差は歴然でしょう。十一月の画像では球体だったがん細胞が、きょうの画像を見る限りかなりしぼんでいます」

「先生、この黒いものは何ですか?」廉が口を挟む。

「この黒い斑状のものは気管支です。隠れていた気管支も前回よりたくさん見えるようになりました」

半年間の和枝の忍耐の賜物だった。

「それならもっと小さくすること、そして今まで以上に大きくならないようにすることがこれからの目標ですね」

和枝の声は心なしか上擦っていたが、高井先生は画像から和枝の顔に視線を戻し、少し寂しそうに言った。

「この病気とはもう少し朗らかな気持ちで向き合った方がいいのかなとも思うんです。寛解とはなかなかいかなくて、どうしても長い付き合いになるのでね」

後任の主治医は、高井先生のK大時代の先輩に当たる深津和彦先生に決まった。高井先生は三月半ば、病院を去っていった。

――人間には六十兆個の細胞があって、ひとつの細胞には三十億文字に及ぶ情報が収まっている。そしてそのうちの一文字に誤りが生じたりすることがあり、その誤りの中身が文全体に影響を及ぼすものだったりすると、がん細胞に変化したりする。

そんな話をiPS細胞研究の山中伸弥氏がテレビでしていた。免疫細胞ががん細胞をやっつけている図を頭の中で描くだけでも免疫効果は上がってくるらしい。

休薬期間を漢方による代替治療で過ごしている和枝。極端に体調が悪いことはなく、家事もひと通りこなし、ピアノにも毎日向かってはいる。

それでも消滅する気配を見せないがん細胞。

昼夜を問わず咳や痰には苦しんでいるし、体重もじわじわ減ってきている。

免疫細胞にもっと働いてもらいたいという気持ちは日増しに強くなっていた。

和枝が、臨時で大人の生徒さんのレッスンをした。懐かしいブラームス「4つの小品」だった。夜、備忘録に書いた。

《ブラームス4つの小品、いい曲だとしみじみ思う。

メロディーが頭から離れず久しぶりに自分でも弾いてみた。

今は本番では弾けないな。弾いたら舞台の上で涙が出てしまう。

いつか、いつか泣かないで弾けるときが来るだろうか》

四月の初旬、和枝と廉は、初めてセカンドオピニオンを聞くため、国立Gセンター中央病院を訪ねた。K大病院の深津先生にはもちろん了承を得て。

肺がんが専門の先生と向き合い、和枝は真っ直ぐ質問した。

「私、何とか治らないのでしょうか」

「うーん、それは正直難しいと思います。そういう例が皆無ではないが」

先生も直球で返してきた。先生は言葉を選びながら、あくまで治療をベースにした現状と未来を語ってくれた。


《現在、休薬期間を過ごしているのは正しいやり方。病巣に変化が起きない限り、さらに小さくすることをめざす抗がん剤投与などは行わず、経過観察をするのが定石。いつか変化が起きてしまった時には分子標的薬を試してみるのが良いと思う。その薬は平林さんの場合、国産の「アレセンサ」になるだろうが、この薬が使える遺伝子タイプだったことは非常にラッキーなことと捉えてほしい。そしてその先は免疫チェックポイント阻害剤を使っていく段階になる》

今はごく普通に生活し、運動や仕事も当たり前のようにやってください、とも言われた。一カ月ほど続いている咳と痰については、薬で止めようとせず出しきってしまった方が良いということだ。

肺に映る影には、すでに活動していないがん細胞の残滓が含まれている可能性もあり、咳、痰はそれらを排出する活動でもあるから、という理由だった。

話を総合すると、今までの治療方針に間違いはなかったこと、がん細胞が再び活動を始めるまでは何ら手の打ちようがない、というより打つ必要はないということになる。

エスカレーターで下りながら、一階ロビーの受付や、薬の窓口に並ぶ大勢の人々を廉は見ていた。高井先生がよく口にしていた「神のみぞ知る」を思い出していた。

築地市場の真向かいの病院玄関を出て、「美味しいものを食べて帰ろう」と廉が誘うと、和枝は黙って付いてきた。廉がよく行く寿司屋の暖簾をくぐった。

帰りは「少し歩きたい」という和枝と、築地市場から有楽町駅までゆっくりゆっくり銀ぶらした。

スタインウェイピアノを探していた頃以来だから、この街に二人で来るのは八年ぶりだった。

ビルの窓がまだ仄明るい青空を映していたが、中央通りの街灯はもう灯っていた。手を繋いで歩いていると、廉は小学一年で入院していた時の出来事を思い出した。

「和枝には銀座の思い出ってある?」

「知り合った頃、廉と初めて食事したでしょ。それとピアノ探しで呉羽楽器に通ったことくらいかしら」

「俺ね、小一の頃の思い出があるんだよ、銀座のね」

「何で? まだ新潟にいたんじゃなかったっけ」

「そうなんだけどさ。まだ行ったことも見たこともない銀座の思い出なんだ」

「どんな話?」

「俺が小一の時入院してたのは知ってるでしょ。その病院にね、小林あゆみさんっていう看護師がいたんだ。一番新米のくせに、結構ませた感じで。たとえばナースが真っ白い制服ワンピースの上に羽織るカーディガンがあるでしょ。全員が紺色のを着ていたんだけど、その彼女だけは水色を着てみたり、とかね」

「わかった。廉がその人を好きになっちゃったっていう展開でしょ」

「そうじゃなくて、ホントに銀座の思い出の話なんだ。俺が入院して三日目くらいだったかな、朝の検温に回ってきたのがその小林さんでさ。体温計を左の腋の下に挟みながら『君、誰かに似てるよね。誰だっけ』と、いきなり聞いてきたんだ。『何も言われたことないよ』って返事したら、体温を見た瞬間『三十六・四度平熱。そうだベティちゃんだ!』と大声を上げたんだ。大部屋の病室中に響いたからもう恥ずかしくて、『やめなよ。静かに、静かに』と頼んだんだけど、『それ、それ、その困った顔がそっくり』って、彼女笑いが止まらなくて。それでその日から、ナースステーションでも、病室でも『ベティちゃん』と呼ばれるようになったんだよ。ベティはそもそも女の子のキャラクターだし最初は嫌だったよ、そんなあだ名。でも入院しているのは女の子の方が圧倒的に多かったし、『ベティちゃん』として適当に可愛がられながら過ごした方が気楽かなとすぐに気付いて、そのうち違和感は消えていった」

「親元離れてさ、小一でそんな経験していたんだね」

「そうだね。あ、ごめん。話が逸れちゃった。その名付け親の小林あゆみさんなんだけど、一年くらいしてからかな、ちょっとトラブルを起こして病院を諭旨免職になったんだ。俺の退院が決まった直後くらいのことだった。もちろん大部屋病室の子どもたちには、彼女のトラブルのことも退職することも知らされていなかったんだけど、ある日の夕方、ベッドで、今でも覚えているけど漫画の『快獣ブースカ』を読んでいたら、非番なのに彼女出てきて、病室の脇の談話スペースに俺のことを呼んだんだ。小林さんはオープンリールのポータブルデッキを持ってきていて、『ベティ、この曲知ってるかな』と、スタートボタンを押した。小さいスピーカーから流れたのはね、その当時大ヒットした『二人の銀座』っていうデュエット曲だった。永六輔が訳詞して、作曲はあのザ・ベンチャーズなんだ。だから原曲では途中であの『テケテケ』も入るんだよ。あ、和枝は知らないか……。俺もその曲好きだったから、途中から一緒に歌ったんだ。大人の歌だし歌詞はうろ覚えだったけどね。大部屋の入り口に立っていた看護師さんが怖い顔で小林さんを見ているのに気付いたけど、とにかく最後まで一緒に歌い切った。小林さんは一瞬満足そうに笑ったかと思うと、『じゃあねベティちゃん、おやすみ』と言い残してさっさと立ち去ってしまったんだ」

銀座ワシントン靴店の前に差しかかっていた。広い舗道は人の行き来もゆったりしているように見える。もうすっかり黄昏どきだった。

「その翌日、『これが退院前の最後の検査になるかな』と医者に呼ばれて、歩行訓練があったんだ。教室の端から端までを医者の指示で往復するだけのことなんだけど、俺は頭に配線の付いたキャップみたいなものを被せられて、部屋の奥にはミカン箱くらいの灰色の計測器が置いてあった。『あの機械のところまで行って戻ってきて。最初はゆっくりね』って先生の指示があって、歩いて行って折り返す時にその計測器をちらっと見たら、空気孔の奥にオレンジ色に光る真空管が幾つも並んでいるのが見えてね、それがものすごく綺麗なんだ。もう一度ターンしてその機械に近づくとき、今度はだいぶ手前から観察していたら、それが街の明かりに見えてきてね。それからはターンして戻るたびに『銀座の街が近づく、だんだん近づく、待ちあわせて歩く銀座に到着』って空想しながら歩いたんだよ。この訓練ずっと続けばいいのになって思いながらね」

「可愛かったんだね、廉。ところで、その小林さんっていう看護師さんとはまた会えたの？」

「いいや、それきり姿を見たことはなかったよ」

長い一日の終わりだった。廉は早々と床に入っていた。

深夜、和枝は備忘録に書き付けた。


《死にたくない　死にたくない　絶対死にたくない。

遥を置いていきたくない。私がいなくなったら廉は泣くだろう、悲しむだろう。そんなの嫌だ。「病を得て何かわかった」なんて、治った人が言う台詞だ。

私は何もわからなくっていい。ただ元気になりたい。

ピアノ弾きたい。お稽古したい。たくさん話がしたい。思いっきり笑いたい。

歌を歌いたい。のどが痛い。肩が痛い。

無知のままでいい。健康でいたかった》

高井先生の後任の主治医、深津和彦先生はクールな印象で、高井先生ほど話しやすくはなかった。

初めての診察に付き添った時は、話の中に出てくる、よく知っているはずの薬剤名や症状の専門用語も、深津先生の口から改めて説明されると全く初めて聞いたもののような気がして、廉は調子が狂った。無意識に身構えていたようだ。

でも実際は細かいところにまできちっと神経が行き届き、決断も早い。診察室を後にする頃には、「信頼できる」と安堵していた。

和枝は咳と痰がいよいよ酷く、加えて左肩の痛みがずっと続いていた。深津先生はすぐにＣＴとＰＥＴ検査の予約を入れた。

五月十日に出た検査結果では転移こそ認められなかったが、一旦は小さく抑え込んだ病巣が再び元の大きさにまで戻っていた。

この病気のしぶとさ、怖さを突きつけられ、廉の胸中にはものすごい憎しみがこみ上げてきた。診察室は息苦しく、検査画像を透過する蛍光ライトも目に沁みて、もう頭が痛く一刻も早く飛び出したかった。

本館六階にある病院のレストランで、二人は声も出ないまま向かい合って食事をした。

いま食卓の廉の側からは、自動車工場の三角屋根の連なりが見えていた。和枝の視線の先にはどこまでも続く広い空と丹沢の山並みが見えているはずだった。

和枝が「あんみつ食べたくなった」と呟いて、二人分を注文してくれた。目元が優しくなっていた。

翌朝早く、和枝の号泣する声で廉は目が覚めた。

「きのうのこと、やっぱり夢じゃなかった」

ひとしきり泣き続けると、静かに階段を下りていく。遥と廉の弁当を作るのだった。

十四歳の決意

シスプラチンとゲムシタビン、ネダプラチンとナブパクリタキセルに続く第三弾の抗がん剤治療の方針が決まった。

いよいよ分子標的薬を使う。

ALK阻害剤には二種類あって、どちらにするかは深津先生も考慮中だったが、最終的に和枝と廉の判断に任されることになった。

現在行われている癌学会で、そのうちの後発薬「アレセンサ」が治療実績を飛躍的に伸ばしているという速報が入り、先発の「ザーコリ」より有効なのではないかという見方が強まっているとのことだった。

先生にもう一度事実関係を確認したうえで二人は決定を下した。「ALK阻害効果に、より特化した『アレセンサ』を使って、和枝のがん細胞を弱らせてもらおう」と。

肩の痛みについては、念のため整形外来にも話を通してもらうことになった。


五月二十六日の入院前に、久しぶりに家族三人で息抜きをと考え、山梨県北杜市の馴染みのペンションに向かった。

中央道を長坂ICで降り、その名の通り長い長い坂道を清里方面にひた走る。標高九〇〇メートルの高台にその宿はあった。

懐かしい思い出話をしたわけではない。これからの家族三人の生き方を話し合ったわけでもない。

近くのパノラマ温泉に浸かりに行き、宿では美味しいフルコース料理を堪能し、書棚の漫画本をベッドに潜って読む、いつも通りのスタイルの一泊二日だった。

白樺林に建つ家具工房に寄って、ダイニングテーブルをオーダーしたのが唯一イベントといえるものだった。東京で脱サラし、この地で修業を積んだ職人さんがひとりで切り盛りする工房だった。

ここにはこれまでに何度か通い、木への愛情が楔の細工にまで込められた作品が気に入り、テーブルを作ってもらうことにした。木の特質や魅力をじっくり聞かせてもらい、和枝がクルミの木を選んだ。

温かいミルクティーをひとくち飲んでから、和枝はクルミの一枚板をそっと撫で、満ち足りた微笑みを浮かべた。「どんな思いで撫でているのだろう」。廉はその横顔を見つめていた。この木で作るテーブルを、本来ならこの先何十年も一緒に囲んでいくはずだったのに。

夜、温泉からの山道を下る途中、だだっ広いコンビニの駐車場にハンドルを切った。遥がアイスを食べたいと言い出したのだ。

廉は車の前に立ち、洗い髪が冷えないようパーカーのフードを被り、空の群青色と、林の深い影の色とを見比べていた。

闇の空間に溶けていく店の明かりは、エドワード・ホッパーの「ナイトホークス」を連想させた。ただ、光の性質は全く異なっている。

ホッパーの描いた店の照明は、外の闇と溶け合い、ゆったりした時間の流れを生み出していた。それに引き換え今の世の人造光は何とも眩しくせっかちだった。

そうだ、空に星はどれくらい見えているのだろう。

廉が天を仰いだ時、「きゃっきゃ」と笑い声が聞こえ、遥と和枝が腕を組んで戻ってきた。

「お二人さん、星空に吸い込まれそうだよ」

廉がドアを開けたが、和枝はすぐには乗り込まず、側の遥をきゅっと抱きすくめた。

遥はもがきながらニヤニヤしていたが、今度は廉が二人まとめて抱きかかえようとすると、「正気か？」と声を立てて笑った。

廉が負けじと「見上げてごらん夜の星を」を歌い出したら、和枝はすぐに追いかけて歌い始めたが、遥は、肩を抱く廉の手はそのままに、「参っちゃうな」という顔をしていた。

これが三人で出かけた最後の旅行となった。


遥には、病状や治療のことは一切話してこなかった。まだ中学二年生、十四歳だ。それを教えてどうなるのだという思いが二人にはあった。

遥の方からも「ママの具合どうなの」と聞いてくることはなかった。

お笑い番組が大好きで、よく芸人ネタをチェックして友だちと楽しんでいた。遥が明るく笑顔で過ごしてくれていることに二人は心底感謝していた。

でも何も聞かされないからこそ、和枝の本当の健康状態を見抜こうとする観察眼は、鋭く養われていったのかもしれない。

和枝の病気が思いのほか進行していることを察知していた遥は、あることを決意していた。


ピアノを白銀先生に習い始めた四年生の時から、遥は毎夏同じコンクールにエントリーし続けてきた。

先生の考えは、入賞を狙うとかいう以前に、コンクールに臨み、緊張感を持って練習を重ねることで、ピアノ演奏の奥深さを知ってもらおうというものだった。

「GLANZ（グランツ）ピアノコンペティション」

日本全国で行われる地区予選を皮切りに、地区本選、全国決勝大会と、その参加者が約五万人にも上る世界最大規模のピアノコンクールだ。

幼年から大人まで年齢による級が設定されていて、この夏、遥は「中学二年生まで」のD級に申し込んでいた。

和枝の病状が先行き不透明ではあったが、「こんな時期だからこそ」と白銀先生も和枝自身も敢えて遥の背中を押していた。

参加者は、音楽史上の四期、つまりバロック、古典派、ロマン派、近現代の課題曲の中からそれぞれ一曲ずつ、計四曲を選ぶ。地区予選で二曲、地区本選に進んだら残りの二曲を弾き、最終の全国決勝大会に進むことができたら四曲を通して演奏するというシステムになっていた。

遥は例年になく選曲に慎重になった。

なぜか？　それは今年は「確実に勝つため」だった。

遥は体がまだまだ小さく、たとえ技量で追いつくことができても音の厚みで引き離されてしまうという悔しさを何度も味わってきた。

それも一因なのか、これまでは地区予選は突破できても、地区本選で奨励賞が獲れるか獲れないかというライン上を行き来していた。

そこで遥は考えた。まずは自分が本当に気に入った曲を弾こう。小さい体格でも魅力を発揮できる曲を探そう。そしてもうひとつ、無用な競争を避けるため他の人とあまり被りそうもない曲にしよう。

早速、白銀先生に候補曲を弾いてもらったり、YouTubeで聴き比べたりして、数日のうちにエントリー曲を決め、早々と練習に入った。

遥はこの夏、初めて「神奈川地区本選」で優秀賞を勝ち取ることを密かな目標にしていた。和枝や先生にも打ち明けていない決意だった。ママと「優秀賞」の喜びを分かち合う、この夏がその最後のチャンスと思っていた。


バロックはリュリ「やさしいうた」、古典派はベートーヴェン「7つのバガテルより第1番」、ロマン派はシューマン「『森の情景』より宿屋」、近現代はプロコフィエフ「組曲『シンデレラ』より夏の精」。

「遥ちゃん、やっぱり面白い曲が並んだわね」。白銀先生は朗らかに笑った。

曲はどれも、遥にとって、技術的にはさほど難易度の高いものではなかった。でも彼女が「歌いたい」と直感したフレーズがちりばめられているものばかりだった。

曲に挑戦するというより、どれだけ曲の世界にのめり込むことが出来るか。それが今回の勝負どころになりそうだった。

先生は基本的に温厚な性格だ。焦らず諦めず、遥のピアノから「歌」を引き出す念入りなレッスンが続く。家に帰れば、和枝による、スケールから始まる千本ノックが待っていた。

遥の決意もあわや崩れそうになる日もあったが、今回は投げ出すことはなかった。

相模原の地区予選ではリュリとプロコフィエフの二曲を弾いた。

遥は会心の演奏ができ、神奈川地区本選に進むことができた。

この六月二十五日は和枝の五十歳の誕生日。

廉が仕事だったため、真咲と遥の従妹の綾が、車で二人を橋本の会場まで連れて行ってくれた。

夜、白銀先生から遥のキッズケータイに激励メールが届いた。

「ここはあくまでも通過点。いただいた高得点は神様からの贈り物と考えて、これからの地区本選こそが勝負と思って、ば〜〜〜〜っちり練習してね」

遅く帰宅した廉に、和枝がヘッドホンを手渡した。

遥の演奏の録音を聴き通した。心地良い音楽だった。

「やさしいうた」は、元々チェンバロで弾かれていた曲ということを意識して、繊細ながらも音の粒をひとつひとつクリアーに出していた。

拍感もしっかりしていたので譜面にたくさん出てくる装飾音も綺麗に響いていた。「シンデレラ」はバレエ音楽。フレーズからフレーズへのニュアンスの変化がうまく表現できていた。バレリーナの指先やつま先が描く軌跡まで目に浮かんだ。

音色も、さっきの「やさしいうた」と同じピアノで弾いたとは思えない色彩感のあるものに変わっていた。

「ねえ、まったく無理のない演奏でしょう」

「指導も熱が入っていたもんね。いい誕生日になったなあ。和枝、おめでとう」

和枝はその晩、久しぶりに備忘録にペンを走らせた。

《遥のピアノが歌い出した。これからもずっと聴いていきたい。

ふと考えた。遥のピアノが本当に輝き出すのはいつごろからだろうか。遥が自分の持っているものに気付いて真剣に磨き始めるのは何歳くらいなのかな。

素敵なピアノが弾けるようになって、たくさんの人を感動させる日が来るといいな。遥にはたくさんの人に愛され見守られ育っていってほしい。

でも本当はこの耳で聴きたい。

「こんな演奏ができるようになったんだ。待っていて良かった」と思える日が来るといいな。

遥、いくつになってもいいんだよ。

20歳でも30歳でもピアノは磨いていける。

焦らず、でも着実に磨いていってね。

ママはずっと楽しみにしているから》

地区予選では、和枝はもう一つの手応えを感じていた。

遥の幼なじみで親友の、愛絵ちゃんのレッスンを一週間、お願いできないだろうかと白銀先生から打診されていた。

愛絵ちゃんは、幼い頃から和枝が教えてきたが、発病を機に白銀先生に託した生徒だった。今回のコンクールでは遥とは違う地区での予選を目前にしていた。

およそ一年ぶりのレッスン、和枝と愛絵ちゃんは濃密な時間を二回共にした。

同席した愛絵ちゃんの母親も、目を赤くして二階から下りてきていた。

特に二回目のレッスン終了後は、和枝も燃え尽きて灰になったような顔をして、「疲れた」と口にするなり遥のベッドに倒れ込んだ。

心配になった廉が少し後に様子を見に行くと、和枝は枕元の『ぐりとぐら』の絵本に手を乗せてすやすや眠っていた。遥が今でも気が向くとページを開くシリーズだった。

タオルケットを背中に掛けてから、廉が絵本をそっと引き抜く。

開かれたページでは、ぐりとぐらの二匹が浮輪を使って、波間をぷかりぷかり灯台をめざしていた。

気持ち良さそうな水彩の海原に引き込まれ、優しい平仮名の文字を辿っていくうちに「そうだ、これだ」と思った。

「和枝と遥と三人、波が来ようと抗わず、あわてず、のんびり、ぷかぷか浮かんで生きていけばそれでいいいんだ」

週末の予選、愛絵ちゃんも無事に通過し地区本選出場が決まった。

ピアノの演奏は、人間のあらゆる活動の中で最も複雑で難しいもののひとつではないだろうか。

その能力をゼロからコツコツ引き出し、さらに上へと導き、開花させる。それが和枝たち講師の仕事の凄さだった。

コンクール、しかもまだ序の口ではあるが、子どもたちの熱意や夢に応えようと死力を尽くす光景は、廉の脳裏にしっかり焼き付いていた。

分子標的薬「アレセンサ」による抗がん剤治療に入るため、和枝は久しぶりに入院した。翌日の夜七時、会社にいる廉にごく短く「夜、飲んだ」とメールが来た。「薬のことだよね」と思わず返信した。

和枝にしてみたら「投薬には何の不安もなかった」という報告だった。特に異変はなく、その翌日に二回目の投薬が行われた。

整形外来の受診も入り、肩の痛みはおそらく腱の炎症によるもので、痛みを激化させる動きを避けるようにとの指示があった。


入院のない、家族三人の日々が再び始まった。

「何てことのない日常」と口にしたりするが、そんなものは存在しないと今は断言できる。どんな日でも足元には暗渠が張り巡らされている。

皆、不安の種が見えないことを理由に気付かないふりをしているだけなのだ。

「不測の事態に焦る」「急な変化にびくびくする」「後悔にさいなまれる」。いついかなる時でも胸の奥底では、こうした情動が出番を待って蠢いている。

たった今、「肩が痛い」と言いながら和枝が二階から下りてきた。ヨーグルトを食べ、痛み止めを飲んだ。

「穏やかな日々が、早く彼女に戻らないものか」

黙ったまま和枝は、重い足取りで階段を上っていった。

午前零時半の静寂。廉は壁掛け時計の秒針がさらさら音を立てながら進むのを見つめていた。

梅雨の晴れ間がのぞいた六月二十一日、和枝はひとり、電車でK大病院に向かった。午前中に血液検査、レントゲン、CT撮影、深津先生の診察と続いた。

新しい薬の副作用は認められず、使用を続行することになり処方箋が出された。

病院前の調剤薬局で「アレセンサ」二週間分を受け取ったが、薬代は十一万円、一錠六六〇〇円になることが判明。

メールで報告を受けた廉が「お金のことは気にせず、帰りは必ずタクシーで！」と返信したが、律義な和枝はしっかり電車で帰宅した。

ＣＴの結果を聞きに七月五日、二人で深津先生の外来へ。

「病巣は少し大きくなっている可能性もあります」。まずそう言われた。

ただ、まだらに中抜けした跡も見える。そこはアレセンサが効いたためか、病巣が増大して空気が行き渡らなくなり、自然消滅した状態なのか、判断はつかないとのこと。この薬をあと一カ月続け、薬効を見極めることになった。

「治ることしか頭になかった闘病初期の方が幸せだった」

病院の駐車場で、帰りの車に乗るなり和枝は泣いた。

圏央道に向かう長い下り坂は、丹沢山系のパノラマが正面に開けている。

稜線の辺りは濃密な雨に包まれているのだろう。青黒く烟っていた。

つかみどころのないＣＴ結果報告に和枝も廉も心がどんよりとしていた。

アレセンサをもう一カ月試すことになったのだから、一応良しとしなければとは思うのだが。

「治療したら改善した」というシンプルな結果が現れないと、どうしたって凹む。それは仕方のないことだ。

和枝は再び、ポジティブに過ごして免疫力を上げるべく、ピアノに集中することにした。呟き込みと肩の痛みには相変わらず悩まされていたが、「私は大丈夫、やれる」と、ソロ演奏で二つの舞台に立つ決心をした。

初めは、和枝が幼少期から師事した秋吉なほ先生の門下生による発表会で、和枝のピアノ人生の原点ともいえる場所だった。ここではずっと一緒にやって来た姉の美月も出演する。

その次は音大のピアノ科同期五人で、卒業以来三十年続けてきたグループ「ARMONICO（アルモニコ）」の年に一度のコンサートだった。

昨年は治療のため参加を諦めた和枝を、ずっと支えてくれていた会の代表の佐倉美沙子が「今年はどんなことがあっても一緒に舞台を踏むから」と声を掛けてくれた。

メンバーの嶋田尚美、川崎紗千代、篠塚映見も、和枝が舞台への一歩が踏み出しやすくなるよう、心温まるエールを送ってくれていた。篠塚映見には以前、医師であるご主人に治療のアドバイスをしていただいていた。

和枝は「何を弾いたらいいか」というよりは「どういう演奏をしようか」と静かに自分に問いかけていた。

「今の体力で演奏できる曲にするしかない。そしてもしかしたら、これが私の最後の舞台になる可能性だってある。だからこれまで弾いてきた曲の中から、今の自分を幸せにしてくれる特別な音楽を奏でよう。途中で咳が止まらなくなるかもしれない、倒れてしまうかもしれない。でも何が起きようと、最後の一音までその音楽に感謝を捧げよう」

七月二十九日の師匠主宰の発表会にはリュリ「やさしいうた」、モーツァルト「幻想曲ニ短調」を、十月二十八日のＡＲＭＯＮＩＣＯコンサートには、同じくリュリと、リスト「3つの演奏会用練習曲より第3番『ため息』」を選んだ。

リュリ「やさしいうた」は遥のコンクール課題曲でもあり、和枝にとって「今生きている自分の心に一番沁みる曲」だった。

一方の遥も、神奈川地区本選に向けた練習を例年より一カ月前倒しして、曲作りのギアを上げていた。

地区本選では遥が選んだ四曲のうち、残るベートーヴェンとシューマンを弾く。

シューマンは彼女が最も好きな作曲家で、課題曲もこの「森の情景」が真っ先に決まった。

白銀先生と和枝が気に掛けていたのはどちらの曲も同じ変ホ長調であることと、遥がベートーヴェンを古典派らしく弾くことが出来るだろうかという二点だった。

シューマンは見せ場をいくつか作れるまでに練習が進んだが、案の定、ベートーヴェンの方は仕上がりが後手後手になり、審査の行方は本番のベートーヴェンの出来がカギとなりそうだった。

気温もぐんと跳ね上がったが、雲ひとつない日本晴れ。七月二十九日の朝は、光に満ち満ちていた。

「ママ頑張ってね」

遥の方が先に和枝にエールを送った。和枝はきょうが秋吉先生主宰の発表会当日だった。

「遥も自分の力、信じてね。シューマンを楽しめたら、しめたものよ」

こんどは和枝から力強いエール。遥は「GLANZピアノコンペティション神奈川地区本選」の日だった。

廉が遥に付き添い、遥のコンクール終了後に、和枝の発表会に回ることになっていた。

神奈川地区本選の会場は横浜みなとみらいホールだった。

金曜日、通勤時間帯の東海道線。座れるわけはなく、冷房と人いきれで不快な空気が充満していた。大人たちに囲まれた遥は、楽譜とドレスと靴が入ったキャリーバッグにもたれて、げんなりしていた。

廉は吊り革につかまりながら、前の座席のサラリーマンが読んでいる新聞に目が留まっていた。ピアニスト・中村紘子さんの顔写真が見えている。訃報だった。

車内マナーを守り、きちんと四分の一に折り畳んで読んでいるので見出しくらいしか目で追えなかったが、「どうかきょう一日、遥と和枝を見守ってやってください」と、廉は心の中で念じた。

横浜駅でみなとみらい線に乗り換え、ホールに着いた瞬間から、遥は息を吹き返し、自分だけの時間に入った。

参加票を提出し、トイレでドレスに着替え、髪飾りを差し、てきぱき準備を進めていく。

廉には無駄口を叩かせず、やがて白銀先生の姿を見つけると、「じゃね、行ってきま～す」。キャリーバッグをゴロゴロいわせながら、楽屋に入って行く先生の後を追った。

全国で行われる地区本選には、それぞれ約十地区の予選で優秀賞を獲得した出場者が集まり、最終の全国決勝大会出場をめざして演奏を競う。この神奈川地区本選で、遥が出場するD級には、二十一人がエントリーしていた。

ホール中央の、テープで仕切られた囲いの中に七人の審査員の先生が着席すると、定刻の午前九時半に審査は始まった。

遥と同じく古典派とロマン派の組み合わせが多かったが、モーツァルトのソナタとショパンのエチュードを選んだ子が大勢を占めた。

プログラムを開くと、ほかにもショパンのワルツやチャイコフスキーの名曲が挙がっていて、遥の二曲は明らかに「地味」と映った。

演奏のレベルも高かった。難曲なのにミスタッチがほとんどない。一番目の子からきらきら、パリパリした音でアピールしてきた。

チャイコフスキー「ノクターン」をしっとり歌い上げた四番目の子が、大きな拍手をもらって嬉しそうにお辞儀するのを見た。

「きょうのコンクールの流れは決まったな」

廉はため息をついた。

いよいよ遥が舞台を歩いてきた。はにかみながら。あっさりしたお辞儀もいつも通りだ。演奏は今までの四人とは明らかに違っていた。

正確には音色が違っていた。温かい音、優しい響きだった。

遥は大好きなシューマンを楽しんで弾いていた。廉も物語を追うように、コンクールの舞台であることを忘れて聴き入った。

ドイツの田舎、森の宿屋で、宿の主と狩人たちがきょうの収獲についてわいわい話している。ランプに照らされ、笑い声に包まれた食卓。そんな光景が目に浮かんだ。ラストで戻ってきた主題が「お・や・す・み」と呟いているようでチャーミングな演奏だった。

ベートーヴェンの「バガテル」は「つまらないもの」「取るに足らないもの」という意味。転じて軽い小品を示すそうだが、交響曲第5番「運命」の曲想のスケッチが見え隠れする。遥は軽やかなテンポですっきりと曲をまとめた。細かい音の動きも柔らかく余裕が感じられた。時間をかけて練習した成果が表れていた。

遥のこの曲への緊張感が良い方に作用したのだろう。抑制した弾き方が却って美しい音色を引き出していた。

「こういう演奏を審査員はどう評価するのだろう」

音色が良いと感じるのは、当然、身贔屓もあると思う。

やはり難易度の高そうな曲にチャレンジし、演奏の精度をアピールした者の方が有利なのか。

遥の演奏によって、廉の中では審査員の判定が未知数になり、「だからコンクールは面白い」と感じていた。

ロビーに出ると、もうジーンズに履き替えた遥が、白銀先生と話していた。

「遥ちゃんの温かい音、最高に出ていたわ。結果が楽しみね」

和枝の親友、佐倉美沙子も聴きに来てくれていた。

「美沙子さん、レベル高かったね。まだ中学生なのに、みんなもう手練れっていう感じで」

佐倉は、廉の感想には肯定も否定もせず言った。

「私は遥ちゃんの音色と音楽性が好き。コンクールのことで言えば、遥ちゃんくらいの歳になると、技量があってバリバリ弾けるというだけでは勝ち抜けないというか……」

午後一時、審査結果を見るためにホール入り口に戻った。張り出しはまだだった。

「ママのためにも今回は、この地区本選の優秀賞に入る」

遥はその決意をもう一遍心の中で反芻していた。

「お父さんはちょっとトイレ行ってくるから」

「どうぞ」

ひとりになると遥はそわそわし出した。

「まあ奨励賞であろうと、もし賞をもらえるんだったらママも喜んでくれるか」

弱気が顔を覗かせたところで、スタッフが張り出しの紙と、賞状、盾が入った段ボールを抱えてやって来た。

細かい字がざっと並んだB４判の紙が、ホワイトボードにマグネットで留められた。

遥はおずおずと前に進み、すでに出来た人だかりの隙間からそっと覗いてみた。

「うわ、無い」

下辺の【奨励賞】と打たれたところだけさっと目を通し、一旦すぐ顔を引っ込めた。

粒揃いの競演者の演奏も聴いていたし、もう、それより上は何となくあり得ない気がしていた。

「でもそれじゃあ、自分の決意って何だったのか」

もう一度紙に向き直った。

「……」

一行目だった。

《第一位　全国決勝大会出場　平林遥》

目標としていた優秀賞ではなかった。それを超えることが起こっていた。あまりの衝撃に、嬉しいも何も遥は感情が追いついて来ない。ただどうすればいいのだろうと焦り出していた。

トイレから戻った廉が、困ったような笑いを浮かべながら、こちらに歩いて来るのが見えた。

「あれは、浮かない表情の私を見て、『惜しかったね。よく頑張ったじゃん』と慰める準備をしている顔だ」と遥は思った。

何かを言おうと言葉を探している廉を見上げ、今度は笑いがこみ上げてきた。

「全国大会に行ってもいい？　お父さん」

「……。はあ？」

「まあ、見てきて」

遥が指さすホワイトボードに廉は向かった。

和枝に電話した。まだ出発していないはずだ。

この結果報告を和枝は、しっかり「冗談」と受け止めた。

このコンクールの全国決勝大会出場は「宝くじに当たるようなもの」と言われる難関だったからだ。

遥にも電話を代わったが、「ママ本気にしてくれないよ」としまいには怒り出した。笑いながらだったけれど。

帰路にあった白銀先生は、藤沢駅のペデストリアンデッキで遥から電話を受け、泣き崩れた。

遥の緊張の持続も、さすがにきょうはここまで。

夜、ママのピアノ発表会を聴きに行く余力はもう残っていなかった。

廉は真咲に電話し、これから遥と遊んでやってもらえないだろうかとお願いした。

大学が夏休みの従姉の綾が、急きょ付き合ってくれることになり、二人はみなとみらい駅で待ち合わせて、よこはまコスモワールドに出掛けていった。

和枝の発表会までは時間があったが、みなとみらいホールでのサプライズにまだ心がざわついていた廉は、会場のある大井町まで移動し、まずはゆっくりコーヒーを飲んだ。

和枝はまだホールには到着していなかった。

ステージ上では調律師の伊東さんが作業をしていたので、手が空いたときに少し話をして、廉も気持ちをだんだんクールダウンさせていった。


お気に入りの白いパンタロンドレスを着た和枝が、幸せそうな笑みをたたえ、左手をピアノに添え、深々と頭を下げる。

ゆっくりした足取りで舞台袖に戻り、その姿が消えても拍手は鳴りやまない。

そこに、きょうの遥の快挙を生んだ原動力を廉は見ていた。

一年半ぶりのステージだったが、リュリの「やさしいうた」もモーツァルトの未完の「幻想曲」もピアノを弾く歓びに満ちた、魂の音楽だった。

「幻想曲」はニ短調の重々しい響きで始まるが、やがて劇的な転調を迎えのびのび展開していく。

「和枝の歩いて来た道を見るようだ」と廉は思った。

「高校生の頃は、ピアノレッスンを受けに、七里ガ浜の家から極楽寺の秋吉先生宅までの下り坂を、自転車で疾走するのが快感だった」と教えてくれた和枝。黒髪がさらさらと風になびく情景が目に浮かぶ。

和枝は最後の十小節で加速した。そして微笑みを浮かべ、駆け抜けるように弾ききった。会場は静まりかえり、和枝もすぐに椅子から立ち上がることができなかった。

同じ先生に師事していた姉の美月も舞台に立ち、ベートーヴェンの後期のソナタ第31番を弾いた。二人がこの夜、一緒に舞台に立てたことは音楽の神からの贈り物だったに違いなかった。

未明に稲光と雷鳴が轟き、ゲリラ豪雨が一時間続く。おびえる「そら」を心配して和枝は一階のリビングに自分の布団を移した。

やや寝不足の朝を迎えた八月二日、和枝と廉はK大病院へ。

分子標的薬「アレセンサ」を諦めることになった。

七月下旬に受けていたCT検査の結果からやむを得ない判断だった。

九月の初めくらいに一週間入院し、そこからは免疫チェックポイント阻害剤「オプジーボ」による治療を試みることになった。

体への負担が少なく、いい暮らしを支えてくれるはずだった分子標的薬。和枝の体には効き目がはっきり現れなかった。

先週まで和枝は、これに賭けて飲み続けていたわけで、プラスチックごみのバケツには飲み殻をまとめたビニール袋が入っていた。

悔しかった。悲しかった。「もう袋小路はたくさんだ。目的地へ早く連れて行ってくれ！」。廉は苛立ちを抑えきれないまま床に就いた。

翌日の朝方、廉は、セピア色の古ぼけたアメリカ映画を見ていた。それもかなり低俗なドタバタ喜劇。夢だった。

目を覚ますと、和枝が「廉、ケラケラ笑っていたよ」と嬉しそうに言う。

四六時中、妻の心配をしている人間がケラケラ笑うことなどあり得るのだろうか……。同じ人間のすることか、と寝起きから自己嫌悪に。

それでも和枝は優しいのだ。心底嬉しそうなのだ。

「お願いだから笑っていて。ぜひ笑っていて」

「GLANZピアノコンペティション全国決勝大会」は、銀座の王子ホールで行われた。遥の出番は八月十九日、第一グループの五番目。遥の友だちや先生関係、新潟から廉の両親も聴きに来た。

遥のD級は北海道から九州までの四十五人が出場する。地区予選から数えると延べ四千人あまりがしのぎを削ってきたことになる。

コンクールは佐賀県から来た女の子の演奏からスタートした。

時代の異なる四曲。それぞれは短いが、通して聴くと厚みを感じた。

遥は曲順についても白銀先生とよく相談し、①ベートーヴェン②リュリ③プロコフィエフ④シューマンに決め、地区本選から三週間で時代別の音楽表現にさらに磨きをかけていた。

聴きごたえのある演奏だった。白銀先生から「遥ちゃん楽しそうでした」と言われたが、確かに応援が多いほど、舞台が大きいほど、遥はのびのびやっていた。地区本選よりずっと楽しそうに弾いていた。これも資質のうちなのかなと廉は思った。

審査結果は、白銀先生の手元に届き、和枝から遥に伝えた。

その時、こう言い添えた。

「遥の頑張りと、まだ足りなかったところが正しく評価された、とてもいい順位よ。ママの目には、全国大会が決まってから、もうひとつ高みをめざす気持ちが足りなかったように見えた。とってもいい演奏だったけど、録音で聴いた地区本選の上を行くほどではなかった。だから次回が楽しみになるのよ！」

遥は四十五人中の二十三位で、入賞は逃した。金、銀、銅賞のほか、二十二位までに与えられる「ベスト賞」の次点だったのだ。

遥は、和枝の「次回が楽しみになる」という言葉に、「ママもまだまだ頑張るから」というメッセージをもらった気がしていた。

後日、台風が関東を直撃するなか、真咲に付き添ってもらった遥は、東京・品川のホテルで開かれた表彰式で入選の賞状とメダルを受け取った。

奇跡の休日

和枝の入院は一年強で八回目を数えた。

九月八日には予定通り、新しい抗がん剤の免疫チェックポイント阻害剤「オプジーボ」

が投与された。

この薬は、がん細胞を攻撃する性質を持つT細胞（免疫細胞）の活動をサポートする働きがあり、前年十二月に肺がんへの適用が認められていた。

二日後の退院前日の診察で、CT画像に白い靄のようなものが広がっている状態が映し出されていた。

がん細胞なのか、空気が行き届かなくなった部分なのかの判断が付かない。これは無気肺と言うのだそうだ。それであるならば回復することはあるらしい。

その夜、明日の荷造りをする和枝に、三姉妹のグループLINEで美月からメッセージが届いた。クリスチャンの美月らしく、聖書の言葉だった。

「希望は私たちを欺きません」

秋の夜空が病室の窓いっぱいに広がっていた。

月明かりを背に受けながら和枝は返信を打ち込み、眠りにつくとき、そっと送信ボタンを押した。

《今の状況でそう簡単に希望なんて持てないよ。厳然と病気は存在していて、もうとてつもなく諦めなくちゃいけないことがある。このことは受け入れていくしかない。『治る、生きると強く願え』と言う人もたくさんいる。でも現状を受け入れていくのに必死で、そんな余裕は今のところ私にはない。ただ幸いなことに宣告されている病状と、実際に自覚している症状はかけ離れている気がする。だからいつでも絶望しているわけでもない。希望を持つほど強くなれてはいない。でも折れそうで折れない図太さはあるのよ。末っ子は案外打たれ強いのだ》

決して美月の言葉を否定したものではなかった。同じ思いで歩いてくれている姉にだからこそ言える言葉だった。

和枝の師匠、秋吉先生は長らくピアノ勉強会も主宰し、2台ピアノの曲を中心としたコンサートを年一回開いてきた。この年は神奈川県民ホール小ホールで十月九日に開かれ、和枝は美月と連弾でドビュッシーの小組曲を弾いた。

「透明感がある。音楽の根源的な力を感じさせられる演奏だった」

九十歳を迎え今なお現役の先生は、そう褒めてくださった。

一歳違いで、幼い頃からずっと同じ屋根の下でピアノをやってきた姉妹。舞台で連弾をするのはこれが最初で最後となった。

そして二十八日はＡＲＭＯＮＩＣＯコンサート。

三十四回目のこの夜は、「標題と音の世界に遊ぶ」と題して、曲名にタイトルの付いた作品を取り上げていた。ベートーヴェンのソナタ「悲愴」、ラヴェル「優雅で感傷的なワルツ」、シューマン「謝肉祭」など、言葉と曲のイメージの関係性を楽しんでもらう演奏会だった。

そこに和枝はリュリ「やさしいうた」とリスト「ため息」でオープニングを務めることになったのだった。

佐倉美沙子は舞台袖から和枝を優しく送り出した。

衣装は黒いラメのドレス。ゆうべ試着してみると、以前よりだいぶ痩せてしまったため胸元が開くようになっていた。「あらあら」と笑いながら和枝は裁縫箱を引っ張り出してきた。

また入退院が続いたため、コンタクトレンズもずっと使っていなかった。

「ドレスに眼鏡では、さすがに様にならないな」と思ったが、本番では、眼鏡をハンカチと一緒に左手に持って舞台に現れ、椅子に座ってから掛ける、という段取りを決めた。

東神奈川のかなっくホールで、和枝は、大学同期四人の温かい心に包まれた二時間を過ごすことができた。

和枝自身も、身内や友人、お世話になった多くの人々に感動を届けることができた。彼女の今の状況とは関係なく、純粋に音楽の力で。

十一月に入っていた。

新しい抗がん剤「オプジーボ」による四回目の治療を終え、K大病院から一人で帰宅した和枝は憔悴しきっていた。

――病気から自分を救ってくれているのは間違いなく病院であり薬だ。でも同時に気力も体力も驚くほど吸い取られていく。

テーブルに突っ伏している和枝。着たままのグレーのダッフルコートのフードが、廉には可愛く見え、それが妙に悲しかった。

廉は熱いコーヒーを淹れ、冷蔵庫から彼女が大好きな「エトルタ」のチョコレートケーキを出してきた。

「いい香り。コーヒー嬉しいね」和枝が、目をつぶったまま顔を上げた。

「仮の話よ」。廉がケーキ皿を並べると話を続けた。

「私がいなくなった時の生活というのも考えておいてね。絶対幸せになってもらわないと困るから」

「もしも私が……」。和枝が初めて口にした。

表情はとても穏やかだ。

「この前、遥を白銀先生のレッスンに送っていったでしょう」

「ああ、急に頼んじゃって悪かったね」

「ううん、そうじゃないのよ。遥ったら助手席倒してさ、ホントに呑気な顔してるのよ。私その時『大きくなったなあ』と思うと同時に『この子はちゃんと乗り越えていける』って確信したの。『私がいなくなっても大丈夫』って」

「俺なんかよりずっとタフだから、あいつ」

和枝はくすりと笑って、すぐ真顔に戻った。

「ただね、私自身があの子の成長を見続けていたいだけなんだ。だから病気克服を諦めるつもりはないし、廉にも今まで通り、起死回生を信じていてほしい」

大好きなケーキにはちゃんと手を伸ばしてくれた。

廉は、今でも十一月十八日を「奇跡の日」だと思っている。

この年一番の秋日和に誘われ、二人は車で鎌倉をめざした。和枝が生地の専門店「スワン」で探しものがあったのだ。

体調がとても良いので、まずは紅葉の鎌倉を散歩しようということになった。

コインパーキングに車を停め、段葛《だんかずら》から鶴岡八幡宮へ出て、「シャツ工房鎌倉」に立ち寄った。

「きょうのお天気みたいに爽やかな気分になりたい」

そう口にした和枝にぴったりの、ピンストライプのシャツを見つけたので早速プレゼントする。

若宮大路は人出が多かったので、一本裏の道からスワンをめざした。

和枝は、長い膝下をスパッ、スパッと気持ちよさそうに振り出し、廉の先を歩いていく。いかにも嬉しそうだった。

リネン、コットン、国産から輸入生地まで品揃えが豊富なスワンは、舞台衣装を自分で作ってしまう和枝にとっては最高に居心地のいい場所だった。自分で仕立てたウエディングドレスのシルク生地もここで買い求めていた。

この日はレッスン室のソファカバーに出来るファブリックを探したが、お気に入りは見つからなかった。

でも和枝にとってそれはたいした問題ではなくなっていた。

たった今二人が包まれているうきうきした気分に、心をすべて持っていかれていたから。

近くの、カウンター席だけのイタリアンでランチした。

待てど暮らせどパスタが出てこない。

「ソースだよ。失敗していることに今気付いて、慌てて作り直しているんだよ」

勝手にストーリーを作っては顔を見合わせ、クスクス笑った。

帰りは和菓子の老舗「大むら」まで足を延ばし団子と大福を買った。

四時間ほどの散歩だったが、このとき二人の間には一度も病気の話が顔を出さなかった。何がどう作用したのか、秋のこの一日だけは、闘病が始まる以前の屈託のない二人にすっかり戻っていたのだった。

寝るとき和枝がぽつりと言った。

「幸せな一日だったね」

十二月七日、オプジーボ治療のためK大病院に行った和枝の体重が五キロ増えていた。胸水が原因と判明した。

このところの急激な胸の重苦しさは、胸水が心臓の周りを取り囲んだためと分かった。

翌日入院ということになり、よほど急を要するものだったのだろう、病棟に着くなり、ベッドの上で胸から水を抜く施術が始められた。

昨日の段階で体重の急増が分かって良かった。

二時間くらいかけ、心臓の周囲の水はすべて抜かれた。

十三日、退院する和枝を廉が迎えに行く。

ベッドでの一週間の安静生活により、足腰が一時的に弱っていた。

深津先生からは「胸水が心嚢をも浸した結果でしょう、心嚢膜にもがん細胞が散らばっていました」と聞かされた。

今後はオプジーボの効果を検証し、この治療を続行するか、別の抗がん剤に切り替えるかを判断していく。そして新年一月十日に治療法を決めるので、それまでは休薬期間を取る、ということになった。

忘れないで

十二月十九日、会社で編集作業が佳境に入っていた夜八時半、廉のスマホに遥からの「SOS」が来た。こんなことは初めてだった。

「ママの様子が変なんだよ。体に力が入らなくて起き上がれないって」

悲痛な泣き声に変わった。「ねえ、帰ってきて、すぐに」

同僚やデスクに事情を話し、数分で後の事を託し、タクシーベイに向かった。

車内で、大船に住む真咲に電話し、一足先にわが家に急いでもらう。

和枝は眠そうではあったが意識はしっかりしていて、遥がリビングに敷いてくれた布団に横になっていた。

遥の二段ベッドから下りようとしてふらつき、転倒したということだった。K大病院に電話し状況を話したが、当直医からは「救急搬送には及ばない」と返事があった。

やがて落ち着きを取り戻した和枝は、遥のコンクールに始まり、自身の舞台、治療、家のリフォームとめまぐるしく駆け抜けてきた半年間を振り返っていた。

そして年末は動きたくなっても休養を優先しようと肝に銘じた。

それでも二十四日のクリスマス・イヴにはローストビーフやビシソワーズスープを作り、二十五日には藤沢で開かれた白銀先生の門下生による発表会に出掛けた。

遥が弾くシューマン「パピヨン」を聴き、「遥自身の、自発的にいい演奏をしようという思いが見えた」と、初めて手放しで褒めた。

二十七日は今年最後の深津先生外来があり、和枝は一人で出掛けた。

その日の日記に廉が書いている。


《治療の展望が開けることを切に願う。年末は三人でゆっくり心身を休めたい。同時にエネルギーも充電したい。和枝の体がぐいっと治癒の方向に舵を切ってくれる瞬間をいつもイメージしている。その時が来るのはわかっている。もうそろそろだということもわかっている。きょうは福島版の紙面を作って仕事納めとなった。同僚に助けられた一年だった》

家族三人が、定期的に出張施術をお願いしてきた整体師の野中先生が来訪。リビングにポータブルベッドを設置し始めていた、二十八日の夕方のことだった。

最初に施術を受けるはずの和枝の姿が見えなかった。呼んでも返事がない。

不審に思った廉が二階に上がりレッスン室の扉を開けると、和枝が冷たいフローリングの床に仰向けになっていた。

「野中先生いらしたよ。何やってるの。風邪引くでしょう」

思わず詰問調になっていた。

「………」

視線は廉に注がれているのに、姿勢はピクリとも変わらない。

何か嫌な、不気味な沈黙。

「れん、さきにやって　もらって」

ようやく口を動かした和枝、呂律の回らない粘っこい喋りになっていた。

恐ろしい異変を感じた廉は、階下の野中先生に助けを求めた。

先生の一一九番通報で、和枝は市民病院に救急搬送された。

CT、MRI検査の結果、左頭頂部に脳梗塞が見つかった。神経内科の医師から、右半身に麻痺が残る可能性が高いと言われる。

翌二十九日に廉が身の回りのものをまとめて市民病院に着くと、和枝はＩＣＵから神経内科病棟に引っ越していた。

症状も昨日とは打って変わり、動かなかった右手足は普通に動き、滑舌こそいまひとつだが、会話でゆっくりと意思を伝えられるまでになっていた。

この急速な回復ぶりには医師も驚いていた。

二人きりになると和枝が真顔になって言った。

「きょう、家に帰りたいんだけど」

「さすがにそれは無理。でもぐんぐん回復しているから、あとちょっとの辛抱かもね」

三十日にはまた一段階、回復していた。右手の動きは昨日より滑らかに、喋りも少ししっかりしてきた。遥も病室に姿を見せ、和枝を安心させた。

当初、平林家の三人と真咲の家族三人は、山梨のペンションで大晦日を一緒に過ごす計画だった。ぎりぎりで間に合った宿泊予約。緊急事態が発生したからといって、ドタキャンされたら宿の方だって困るだろうと廉は思った。幸い和枝も回復傾向にあったので、真咲たちには、遥だけ連れて山梨に行ってもらうことにした。

出発する真咲、遥たちを病院のロータリーで見送り、病室に戻った廉は、初めて和枝の不可解な行動に気付く。

カーテンを開けると、和枝はケータイメールを打っていた。

最初にその様子を目にした時は「もうこんなことまで出来るようになったんだ」と、ものすごく嬉しかった。

しかしメールを打つ操作はいつまでも終わらなかった。目が輝き、夢中というより一心不乱という表情になっている。

廉がついに聞いてみた。

「和枝、誰にメールしてるの?」

「しーっ!」と辺りを見回し、「神野耳鼻科の予約を取ろうとしているんだから」。

神野耳鼻科は、以前通ったことのある家の近くの医院だった。

和枝は廉をにらむと、また集中してケータイをいじっている。

「もう疲れるから休もう。ケータイこっちに貸して」

廉は怖くなった。やめさせた。

和枝は、「うるさい奴だ」という目をして、明らかに廉を嫌がっていた。

脳梗塞発症後の一種の錯乱状態なのだろうか。あくまで一時的な脳内の混乱であってほしい。

夜になって廉は、山梨の宿に着いた真咲に電話し、その一部始終を話す。

「和枝ちゃんは、いま特に辛く感じる声枯れの症状から抜け出したくて、以前通院したことのあるお医者さんを思い出したのかな」

真咲はそう推論した。

和枝の症状が改善するなか、二〇一六年の大晦日を迎えた。

和枝の母と美月も病室に来てくれた。

二人に手を握られると、和枝の表情が柔らかくなった。

その一方で、廉のことは「自分を拘束する病院側の人間」と映るらしく、帰宅できない不満をことあるごとにぶつけてきた。でも「怒りの感情が湧くということは和枝が元気な証拠」という風に廉は捉えていた。そして和枝の右手足ほか体全体の運動機能が目に見えて高まっていくのが何より嬉しかった。

遅くに廉が病院から帰宅すると、ご近所の中本さんが年越し蕎麦を差し入れてくれた。部屋はしんとして冷えきっていた。「紅白歌合戦」も何も要らなかった。刻みネギを散らし、温かい丼に手を合わせる。つゆまで飲み干すと、細胞のひとつひとつが満たされていった。

年明けの五日、和枝はK大病院に転院となり、民間救急車で搬送された。廉が同乗し、ストレッチャーに横になる和枝の手を握っていたが、その手には温もりが戻らない。どんなにか家に帰りたかっただろう。和枝の瞳は、後方の車窓を流れていく青空をずっと映していた。

深津先生からは「脳梗塞の再発をケアしながらがん治療を進めるため、最善の方法を取ります。K大の総合力で」と、力強い言葉をもらった。

そして翌六日、その総合力を早くも目の当たりにすることになった。

昼過ぎ、自宅にK大病院の研修医から電話があり、和枝は緊急の心臓手術が必要になったと告げられる。

昨年末に、市民病院の診断で左心房に血栓らしきものが確認されていたのだが、昨日のK大の検査でそれが二センチ大の血栓と判明、緊急手術で摘出することになったのだ。

廉は多少気が動転し、車を運転する自信がなくなったため、ハイヤーを呼んでK大病院へと急いだ。

執刀は心臓血管外科の小野医師が担当することになった。

手術は十六時から二十三時三十分までの七時間半。後から来た真咲、美月と総合手術センター前のソファでひたすら待った。

血栓は取れ、手術は無事成功した。

和枝は麻酔で眠り続けていた。顔は艶やかで美しかった。

家に帰り着いたのは午前一時半を回っていたが、遥は心配そうに起きてきた。塾のオープン模試があって、この状況でもちゃんと受けに行っていた。

「もうすぐ中学三年生か」廉は思った。

和枝は、翌日には目を覚まし、少しくらいなら話せるようになっていた。八日のきょうは、緊急度が少し下がりＩＣＵの個室に移っていた。

廉が側に行くと、時々目を開けこちらを見るが、すぐに深い眠りに落ちた。

夕方五時くらいにしっかり目を開けたので、「きょうは何の日かわかる?」と聞くと、「二十四回目」としっかり答えた。「きょうが結婚記念日」だと、ちゃんと分かっていたのだ。

夕食には鮭ムニエル、小松菜と厚揚げの煮物、酢の物、おかゆと出たが、すべてに手をつけ、デザートのリンゴは三切れを残さず食べていた。

心臓の状態は、執刀した小野先生から「おおむね順調に回復している」と言われ、十日には早くもリハビリが始まった。


十一日には立ち上がって歩くことも出来た。

この日は真咲が立ち会ったが、和枝は点滴のポールにつかまりながらではあるが、個室を出て、ラウンジまでの往復五十メートルに挑戦した。

行きはすり足でラウンジに着くと、二週間ぶりに外の景色に見入っていたそうだ。帰りはよりしっかりした足取りが見られた。しかも真咲には「廉には内緒」と言ったらしい。

廉が「和枝ったら、『この程度のことで廉にまた大喜びされては困る』という心境なのかな」と言うと、真咲は笑った。

一月中、和枝はリハビリに明け暮れた。理学、作業、言語の三分野でコツコツ続け、確実に回復を遂げていた。

治療方針も深津先生から示された。

不整脈が出続ける心臓と脳梗塞の手当てが落ち着いたら、出来るだけ早い段階での退院をめざすとのこと。肺がん治療を並行してやることは出来ないのだそうだ。現状、肺がんの方は落ち着いていることも加味しての判断だった。

二月に和枝が家に帰って来てくれる。

心は嬉しさでいっぱいだが、同時にそれは廉が会社には行けなくなることを意味していた。

廉は、介護休業の申請書を会社の総務部に提出した。後日、七月三十一日までの休職が認められた。

一月最終週には、和枝退院後の平林家の新しい生活設計を決めていった。

これは社会福祉士の資格を持つ真咲の力を借りなければ到底進まない話だった。

介護支援施設のケアマネジャーに来てもらい、真咲同席のもと、介護用ベッドや車いす、スロープを借りること、階段に手すりを付けること、介護支援の範囲はスタートしてみて要不要を判断することなどを次々決めていった。

一方、和枝の方はもう入院生活が限界になってきていた。

ごはんを食べるにも、リハビリするにも生気が感じられなくなっている。

廉は、「多少の無理を押してでも、一日でも早く連れて帰るわけにはいかないでしょうか」と深津先生に懇願した。

家に帰りさえすれば、和枝の心にはまた光が差すと思った。

まもなく退院許可は下りた。

一カ月ぶりの自宅だった。車いすに移乗して室内に入った和枝は声もなく涙を流し続けた。

「帰りたい」と叫び続けてもぎ取った退院ではあったが、和枝は病院でのリハビリに感謝もしていた。それはピアノを弾く両手の機能が守られたことだった。美月から贈られたキーボードも和枝を守ってくれた。

和枝は変わりなくピアノに向かった。

技術的には、脳梗塞になる前と同じレベルで弾けるわけではない。でも和枝はそこにはこだわりを持たなかった。

シューマンとモーツァルトのいずれも「幻想曲」の楽譜を前にして、自分が奏でるべき音を一心に想っていた。そうやって一日のうちの一番大切な時間を過ごしていた。


二月最後の日、和枝と真咲、廉の三人でK大病院の深津先生を訪ねた。

和枝は自分の言葉を探しながら、今後のことを聞く。

先生は「今の体調をもっと良くして、がん治療の機会を待ちましょう」。

にっこり頷いた和枝は「私のこと忘れないで」と語りかけていた。

先生が微笑んだ。

先生の笑顔を見たのはこれが初めてだった。

「平林さんのことは忘れないさ。これだけ苦労しているからね」

訪問看護と医療、それと在宅ケアサービスの総合力に頼りながら、和枝、遥、廉の三人は二〇一七年の春を迎えたのだった。

桜に包まれ

早朝から薄曇りだったが晴れ間は見えていたような気がする。それが昼過ぎには黒雲に変わり、雷雨が降り始めた。

五月一日のことだった。

怖がって震える「そら」を美月が抱き上げ、ベッドの和枝に預けた。

和枝の腕の中で「そら」はようやく安心して目をつぶる。

美月は昨晩から泊まりに来てくれていた。

今朝、和枝は朝食に一切手を付けなかった。

そして何度も廉を枕元に呼び寄せる。

「どうしたの?」。聞くと、じっと廉の目を見つめ黙っているのだった。

三度目に呼ばれたとき「何か言いたいことあるんでしょ」と手を握ると、じっと目を見たまま、ようやく唇が動いた。

「ずっと、ずっと、いい子いい子していてね」

和枝に頼まれた。見守っていてくれと。

「もちろん。……。そうするよ」

午後三時ごろ、音大同期の佐倉美沙子が顔を見せに来てくれ、若い頃のステージの思い出を二人で話した。言葉数こそ少なかったが、互いの意思は通じ合っていた。

やがて和枝がうとうとし始めたので、佐倉が「じゃあ、また来るからね」と両手で和枝の左手を包んで再会を約束した。和枝も嬉しそうに微笑み返していた。


その和枝が亡くなった。

夢のように。

午後六時三十五分。

あまりにも急だった。

「いま遥が手を握っているよ。眠らないで」と呼びかけるのが精いっぱい。

和枝は悲しげに眉間にしわを寄せると、涙をひと粒流し、旅立っていった。

江ノ電鎌倉駅構内に古くからある中華料理店でお斎《とき》をした。

親族に交じって、廉の大学時代からの親友、杉崎航が丸テーブルに着いていた。

彼は五月七日、鎌倉の教会で営んだ前夜式に来てくれ、きょう八日の告別式にも姿を見せていた。

無論、廉の方から、そうしてほしいと頼んだわけではない。

自ら進んで駆けつけ、式が滞りなく進むよう、教会堂に入っていろいろと気配りをしてくれていたのだ。

自分と誕生日が十日しか違わない杉崎。パイプ椅子を軽々運ぶ彼を見ながら、廉は気付いた。

「俺はこんな歳で独り身になってしまったのだ」

杉崎はいつの間にか黒い上着とネクタイを外し、設営準備を手伝ってくれていた。

「平林、一度顔を洗って、そして何か腹に入れておいた方がいいよ」

「なあ、綾乃ちゃんはいくつだっけ」。かすれた声で廉が聞いた。

綾乃は杉崎の妻だ。

「俺らの一年後輩だから五十五歳。どうして？」

「これからがもっと楽しい人生のはずだったんだよ、和枝との」

杉崎は、廉の目に、もう光が消えかかっているのを見た。

「いいか平林、きょうは何にもしなくていい。ずっと和枝ちゃんと一緒に居なよ。それでね、式次第を見ると、式の最後に喪主の挨拶を求められることになっている。その時間だけ気をしっかりもって口を動かしな。挨拶の用意はできてる？」

「ああ。挨拶は原稿にして持ってきた。どうせ考えながら喋るのは無理だろうと思って」

「そうだね。それでいいよ。しっかり読むだけでいいから」


教会堂の最前列に座っていた廉は、立ち上がって後ろを振り向いた時、参列者のあまりの多さに改めて心動かされた。

目の前に真咲の姿が、教会堂の一番奥のパイプオルガン奏者席には美月の姿も見えた。

すぐにしんとした静けさが心に戻ってきた。

マイクの前に立つ。

隣には中学校の制服を着た遥が並んだ。

廉は深々と一礼し、画用紙に書いた喪主の挨拶を読み上げた。

《本日は遠路にもかかわらず、妻・和枝の葬儀にお集まりいただきまして誠にありがとうございます。このように大勢の方々にお見送りいただき、妻もきっと喜んでいることと思います。

五月一日、あまりにも急な別れでした。いまだに現実のこととは思えず、記憶の断片が整理のつかないまま頭の中をぐるぐる回っている感じです。

夕方、急に呼吸が荒くなってきたことに彼女の姉と私が気付き、すぐに在宅医療の医師を呼びました。娘の遥も飛んできて、私と一緒に片手ずつ彼女の手を握り、「こっちに戻ってきて」と声を掛け続けました。やがて呼吸を止めてしまいそうな気配が見えたので、「右手を握っているのが遥だよ」と叫びました。すると妻は一瞬ですけど泣き顔になりました。そのあと両方の目から一粒ずつ涙がこぼれ、そのまますっと息を引き取りました。

闘病生活はほぼ二年に及びましたが、妻は滅多なことでは弱音を吐かず、いつもしっかり前を見ていました。娘も中学生活を楽しんで、持ち前の明るいキャラクターで周りをたくさん笑わせてくれました。今思えば、ある意味とても幸せな年月でした。彼女の二人の姉も、わが家の暮らしが少しでもうまく回るよう全力でサポートしてくれましたし、私も会社から介護休暇をいただき、二十四時間彼女に付きっきりという貴重かつ奇跡のような毎日を送ることが出来ました。

ここで二年間の和枝のことを少しお話しさせていただきたいと思います。

二年前の五月、肺に怪しい影が見つかり、七月にK大病院に入院しました。診断はステージⅣの肺がんで、抗がん剤治療をするため入退院を繰り返す生活が始まりました。薬の副反応にずいぶん苦しみましたが、妻は、気力・体力を保つため、散歩を欠かすことがありませんでした。寒い冬の日も、ダウンジャケットにマフラーぐるぐる巻きにして出掛けました。病棟の隣には医学部のキャンパスが広がっていて、妻は構内の大きな木々を眺めながらたっぷり歩きました。日に日に距離を延ばしていって、なかなか帰って来なくなったので、看護師さんから「平林さん、行き倒れちゃいますよ」と笑われるほどでした。

昨年五月から体へのダメージの少ない免疫療法に切り替わり、入院日数も格段に減りました。自宅での、心にゆとりのある生活も満喫できるようになり、私たち家族ですら闘病中ということを忘れてしまうほどでした。そして「自分が元気なうちに」という妻の発案で、娘の部屋を中心とした家のリフォームを計画しました。妻自ら見取り図をたくさん描いたり、家具を探しに横浜や葉山まで出掛けたりしました。さらに八ケ岳山麓の家具工房まで出向いてダイニングテーブルの発注までやってくれました。

この間、ピアノの練習も欠かすことはありませんでした。昨年十月には、妻がずっと大切にしてきた音大の同期の方たちとの演奏会にも何とか出演することができ、リュリの「やさしいうた」というバロックの曲とリストの「ため息」を綺麗な音で弾きました。いつも演奏会の後には私に「どうだった?」と感想を求めてくる妻が、この時はひと言も聞いてきませんでした。何かとても満ち足りた表情を浮かべていたので、私も何も言えませんでした。そして、これが彼女の最後の演奏会となりました。

年末に、自宅のレッスン室でがん由来の脳梗塞を起こし救急搬送され、それに絡む心臓の緊急手術まで受けました。「右半身に麻痺が残る」と診断されましたが、一カ月で劇的な回復を遂げ、自力で立ち、ピアノもまた弾けるまでになりました。

二月の初めごろのことです。リハビリになればと思い、私が紙に「いま何がしたい？」と書きました。すると妻はすぐに鉛筆を取って「桜の下で洗濯物たたみたい」と書きました。私は「洗濯たたみ？　やりたいことならもっとほかにあるでしょう」と笑ってしまったのですが、後日、彼女の音大の先輩に当たる方にその話をしたら、「和枝さん、家族のために何かしてあげたい一心なのよ。素敵な夢じゃないですか」と涙ぐまれていました。

亡くなるちょうど一週間前には、三姉妹の家族と清里方面に念願の一泊旅行に行くことができ、新緑に包まれた山あいの桜を楽しむことができました。

二十四年前になりますが、和枝と私はこの教会で結婚式を挙げさせていただきました。妻にとっては子どもの頃からゆかりの深いこの場所で、親しくしていただいた皆さまに見守られながら旅立つこととなりました。

いつものように玄関で靴を履きながら、「じゃあね、行ってくるね」と、にっこりする顔が私には見えます》

その後の「献花」では、遥がピアノに向かった。献花台の前に、参列者の長い列が出来ると、和枝が大好きだったリュリ「やさしいうた」とショパンのエチュード「エオリアンハープ」を静かに弾き出していた。

お斎が終わり、鎌倉駅前で皆とお別れした。

廉は白い箱の和枝を抱きかかえてタクシーに乗った。遥は真咲が一晩預かってくれることになった。

一刻も早く、独りきりになりたかった。

エピローグ

二階レッスン室の重い防音扉を開けると、廉は何かを感じた。

それは「人の気配」といったものとは全く異質のもの。視覚的にその像を映すことこそできないけれど、もっとはっきりした、重さのある「存在」と呼ぶしかないものだった。

思索的で、優しくて、たおやかで、かぐわしかった。

廉はその存在のすぐ隣に立ち、目の前のピアノの譜面台に立てかけられていた楽譜を手に取った。

《Schumann　Fantasie　Opus 17》

そう印刷された藍鼠色の表紙を開くと、扉ページとの間から、和枝が廉に宛てた短い手紙が出てきた。

日付はなかったが、「暖かい朝に」とあるのでおそらく冬の日、しかも筆跡と文章はしっかりしているので、脳梗塞になる十二月二十八日より少し前に書かれ、そのままずっとここに挟まれていたのだろう、と廉は思った。

和枝が最後にこのピアノを弾いたのは二月十五日。

それ以降、彼女が二階に上がることはもう無かった。

脳梗塞を併発してからは、レッスン室への階段の上り下りは廉がサポートし、この日は練習を始める様子をたまたまスマホで撮影していたので、「二月十五日」という日付は確かなものだった。

そして響き出したのはシューマン「幻想曲」第1楽章。

この楽譜が譜面台に開かれていた。

納得のいかない箇所は立ち止まって弾き直し、十二分ほどの曲を三十分、四十分かけて、とにかく最後まで通した。「徹底して幻想的に、情熱的に弾くこと」というシューマンの指示を守りながら。


音がやんでからどれくらい時間が経っていただろう。廉は、レッスン室の和枝から電話の子機で「迎えに来て」と呼び出され、二人で階段を下りてきたのだった。一段一段足元を確かめながら「きょうは練習、早めに終えたんだね。もう良かったの?」と聞くと、和枝は「うん、もういいの」と寂しそうに笑っていた。

一年続いたあの旅は忘れられないね。地味なロードムービーに仕上げてさ、二人でソファに並んでさ、コーヒー飲みながら観るの。もうあれから八年ね。

廉、ありがとう。

暖かい朝に　和枝

楽譜を開く時、和枝は廉に宛てて書いたこの手紙に気付いたはず。
最後、どんな気持ちで読み返し、もう一度楽譜の表紙に挟み直したのか。
「いつか廉か遥が見つけてくれるかな」と微笑んだかもしれない。

扉ページには音大生の時に書いたであろう、鉛筆の走り書きもあった。
《音として鳴らす前に、自分にとって、内的にどのようなものであるかを想像する》
楽譜を読む時の和枝の姿勢を、余すところなく映した言葉だ。
そしてひとたび生まれた音は、どうしても消えていく運命にある。
「あなたの音を心に留めておくには、どうすればいいのかな」
シューマンの楽譜を手にしたまま、廉は和枝に問いかけていた。

「二人で、星を見ようか」

廉はベランダの二重窓を一枚一枚ゆっくり開けていく。空は水を刷いたように澄みきっていた。

はるか高いところに北斗七星。南東の方角には、おとめ座のスピカへと続く春の大曲線。

風が、そよと頬を撫でる。

和枝のピアノを振り返った。

この小説はフィクションです。
実在する団体、人物とは一切関係ありません。

参考文献

新聞編集整理研究会編『新編 新聞整理の研究』日本新聞協会、一九九四年

著者紹介

尾島 聡（おじま さとる）

1960年新潟市生まれ。慶應義塾大学文学部国文学科卒。
百貨店の宣伝・広告部門勤務を経て、朝日新聞社入社。
2022年本書で第25回日本自費出版文化賞入選。

カバー・挿絵イラスト：尾嶋恵

遥《はる》かな幻想曲《げんそうきょく》［文庫改訂版］

2023年3月22日　第1刷発行

著　者　　尾島 聡
発行人　　久保田貴幸

発行元　　株式会社 幻冬舎メディアコンサルティング
〒151-0051　東京都渋谷区千駄ヶ谷4-9-7
電話　03-5411-6440（編集）

発売元　　株式会社 幻冬舎
〒151-0051　東京都渋谷区千駄ヶ谷4-9-7
電話　03-5411-6222（営業）

印刷・製本　中央精版印刷株式会社
装　丁　　山本日和

検印廃止
©SATORU OJIMA, GENTOSHA MEDIA CONSULTING 2023
Printed in Japan
ISBN 978-4-344-94396-4 C0093
幻冬舎メディアコンサルティングＨＰ
https://www.gentosha-mc.com/

※落丁本、乱丁本は購入書店を明記のうえ、小社宛にお送りください。
送料小社負担にてお取替えいたします。
※本書の一部あるいは全部を、著作者の承諾を得ずに無断で複写・複製することは禁じられています。
定価はカバーに表示してあります。